D1809028

1 MONTH OF
FREE
READING

at

www.ForgottenBooks.com

By purchasing this book you are eligible for one month membership to ForgottenBooks.com, giving you unlimited access to our entire collection of over 700,000 titles via our web site and mobile apps.

To claim your free month visit:

www.forgottenbooks.com/free721912

* Offer is valid for 45 days from date of purchase. Terms and conditions apply.

ISBN 978-0-332-59344-9
PIBN 10721912

This book is a reproduction of an important historical work. Forgotten Books uses
state-of-the-art technology to digitally reconstruct the work, preserving the original format
whilst repairing imperfections present in the aged copy. In rare cases, an imperfection in
the original, such as a blemish or missing page, may be replicated in our edition. We do,
however, repair the vast majority of imperfections successfully; any imperfections that
remain are intentionally left to preserve the state of such historical works.

Forgotten Books is a registered trademark of FB &c Ltd.
Copyright © 2017 FB &c Ltd.
FB &c Ltd, Dalton House, 60 Windsor Avenue, London, SW19 2RR.
Company number 08720141. Registered in England and Wales.

For support please visit www.forgottenbooks.com

LÉO

PAR

H. DE LATOUCHE

II

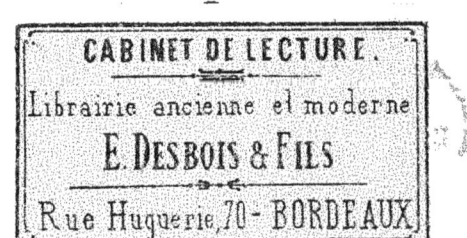

CABINET DE LECTURE.
Librairie ancienne et moderne
E. DESBOIS & FILS
Rue Huguerie, 70 - BORDEAUX

PARIS

MAGEN ET COMON

ÉDITEURS

21, Quai des Augustins.

Silhouette.

Prenez garde à l'indiscrétion des roseaux. Méfiez-
vous du souffle de l'air ; et surtout n'abandonnez rien
à l'écho : un espion qui se cache dans les rochers.

SHAKESPEARE.

Arnold continua son voyage. Il ne pouvait
pas ignorer qu'il fût poursuivi ; mais la force
du droit naturel qu'il exerçait, en reprenant
son enfant, lui donnait une si intime sécurité, que la chance de se voir enlever son
unique bien et d'être arrêté lui-même n'était
pas sa préoccupation habituelle. Il marchait

à pied et le plus souvent la tête inclinée vers
les gazons de la route, sans y voir les gracieux détails qui attiraient le plus ordinairement ses regards, même quand son front
était abattu par le chagrin. Il n'admirait
guère ni la goutte de rosée dans l'urne des
liserons, ni au bord du champ l'épi doré pen-
chant sa tête pleine, et lourde de blé. La réflexion, chez lui, devenait plus exercée que
les yeux. L'amertume de ses souvenirs triom-
phait de l'attrait des objets extérieurs. Hélas!
c'est qu'il avait déjà écrasé sous ses pieds la
moitié des vers luisans qu'on appelle illusions. Il était loin de ce temps où la couleur
du ciel, l'état de la température composaient
le matin, au sortir de l'auberge, sa plus importante et presque sa seule pensée. Alors le
soleil ou l'ombre, les vents ou la pluie, un
bel arbre à déssiner, de piquans effets du
couchant sur les vitraux enflammés de la
lointaine église, étaient les événemens de sa
vie; et il regardait comme l'accessoire de
l'existence humaine d'apprendre le soir, au

foyer de son hôte, que tel traité de commerce unirait le Gange à la Baltique, que tel monarque était détrôné.

Une image tyrannique hantait encore incessamment son imagination, mais déjà comme le fantôme qui s'obstine à errer dans les lieux froids et dévastés. Il avait été touché de la destinée d'Ève ; il avait rendu justice à son repentir, il avait établi une part équitable entre la démence de la jeune fille et cette corruption de sang-froid, cette immonde impudeur qui avait servi de conseiller à sa perte. Mais l'audace qu'Ève elle-même avait montré à leur première entrevue, depuis qu'elle était devenue Comtesse, les accommodemens qu'elle avait proposés entre le monde et sa passion, entre l'instinct de son cœur et la conservation de son rang, avaient conduit le jeune homme de la colère à la pitié, puis de cette pitié à un sentiment plus amer. Il croyait la mépriser. Or, le mépris et l'amour sont-ils conciliables? Quel homme a jamais persisté dans ses attache-

à pied et le plus souvent la tête inclinée vers
les gazons de la route, sans y voir les gracieux détails qui attiraient le plus ordinairement ses regards, même quand son front
était abattu par le chagrin. Il n'admirait
guère ni la goutte de rosée dans l'urne des
liserons, ni au bord du champ l'épi doré pen-
chant sa tête pleine, et lourde de blé. La réflexion, chez lui, devenait plus exercée que
les yeux. L'amertume de ses souvenirs triom-
phait de l'attrait des objets extérieurs. Hélas!
c'est qu'il avait déjà écrasé sous ses pieds la
moitié des vers luisans qu'on appelle illusions. Il était loin de ce temps où la couleur
du ciel, l'état de la température composaient
le matin, au sortir de l'auberge, sa plus importante et presque sa seule pensée. Alors le
soleil ou l'ombre, les vents ou la pluie, un
bel arbre à dessiner, de piquans effets du
couchant sur les vitraux enflammés de la
lointaine église, étaient les événemens de sa
vie; et il regardait comme l'accessoire de
l'existence humaine d'apprendre le soir, au

foyer de son hôte, que tel traité de commerce unirait le Gange à la Baltique, que tel monarque était détrôné.

Une image tyrannique hantait encore incessamment son imagination, mais déjà comme le fantôme qui s'obstine à errer dans les lieux froids et dévastés. Il avait été touché de la destinée d'Ève; il avait rendu justice à son repentir, il avait établi une part équitable entre la démence de la jeune fille et cette corruption de sang-froid, cette immonde impudeur qui avait servi de conseiller à sa perte. Mais l'audace qu'Ève elle-même avait montré à leur première entrevue, depuis qu'elle était devenue Comtesse, les accommodemens qu'elle avait proposés entre le monde et sa passion, entre l'instinct de son cœur et la conservation de son rang, avaient conduit le jeune homme de la colère à la pitié, puis de cette pitié à un sentiment plus amer. Il croyait la mépriser. Or, le mépris et l'amour sont-ils conciliables? Quel homme a jamais persisté dans ses attache-

meus sous une telle et si mortelle condition ?
Tout est possible au cœur épris, excepté cette
contradiction. La haine même et la ven_
geance peuvent entrer dans l'amour, le me:
pris jamais. Quand vous nous retirez votre
cœur, quand la mobilité d'esprit vous dé_
prave, que vous jouez la paix et peut-être la
vie de l'être qui vous appartient contre l'en_
traînement d'un jour, femmes, faites-vous
regretter encore. Faites-vous haïr même et
laissez-nous la poésie d'un deuil éternel ; que
votre souvenir soit consacré, s'il le faut, par
du sang et des larmes, mais ne souffrez
jamais que le mépris nous console.

Ce sentiment, Arnold croyait l'éprouver,
parce qu'il avait le droit de l'avoir. Le besoin
d'affection qui tourmentait son ame, demeurait peut-être le même, mais il semblait avoir
changé d'objet. Tant d'amour avait divergé.
Aussi long-temps que l'inanité des recherches
et l'ardeur des poursuites lui avaient ôté le
sommeil et presque la raison, il avait idolâtré
son insaisissable maîtresse. Depuis son appro_

che il s'était attiédi, car telle est l'inconsé-
quence du cœur. Cette tendresse s'était mo-
difiée sous les déceptions, et un enfant semblait
être devenu le but unique de la vie passionnée
de ce jeune homme.

Pour Ève, elle se croyait absoute de sa
première erreur. Elle est innocente depuis
qu'on lui a enlevé son fils. Privée d'Arnold
et de Léo, agitée tantôt par l'espoir de les
retrouver et tantôt par la crainte qu'on y
réussisse avant elle, elle mesure dans le cercle de ses distractions passées, un désert et
un abîme d'enuuis. Comment désormais vi-
vra-t-elle? à quoi bon les avantages qu'elle a
conquis depuis qu'elle sait de combien peu
est la fortune dans les conditions du bonheur.
Ces plaisirs qui autrefois l'enivraient, elle
s'étonne d'avoir pu les endurer. Dans ces
fêtes où elle va encore et dont elle est peut-
être encore, à son insu, la reine, que vient-
elle à présent chercher ? Elle écoute sans
rien comprendre ; elle ne remarque plus
même avec plaisir la jalousie qu'elle excite :

mens sous une telle et si mortelle condition ?
Tout est possible au cœur épris, excepté cette
contradiction. La haine même et la vengeance peuvent entrer dans l'amour, le me-
pris jamais. Quand vous nous retirez votre
cœur, quand la mobilité d'esprit vous dé-
prave, que vous jouez la paix et peut-être là
vie de l'être qui vous appartient contre l'en-
traînement d'un jour, femmes, faites-vous
regretter encore. Faites-vous haïr même et
laissez-nous la poésie d'un deuil éternel ; que
votre souvenir soit consacré, s'il le faut, par
du sang .et des larmes, mais ne souffrez
jamais que le mépris nous console.

Ce sentiment, Arnold croyait l'éprouver,
parce qu'il avait le droit de l'avoir. Le besoin
d'affection qui tourmentait son ame, demeurait peut-être le même, mais il semblait avoir
changé d'objet. Tant d'amour avait divergé.
Aussi long-temps que l'inanité des recherches
et l'ardeur des poursuites lui avaient ôté le
sommeil et presque la raison, il avait idolâtré
son insaisissable maîtresse. Depuis son appro-

che il s'était attiédi, car telle est l'inconsé-
quence du cœur. Cette tendresse s'était mo-
difiée sous les déceptions, et un enfant semblait
être devenu le bnt unique de la vie passionnée
de ce jeune homme.

Pour Ève, elle se croyait absoute de sa
première erreur. Elle est innocente depuis
qu'on lui a enlevé son fils. Privée d'Arnold
et de Léo, agitée tantôt par l'espoir de les
retrouver et tantôt par la crainte qu'on y
réussisse avant elle, elle mesure dans le cercle de ses distractions passées, un désert et
un abîme d'ennuis. Comment désormais vi-
vra-t-elle? à quoi bon les avantages qu'elle a
conquis depuis qu'elle sait de combien peu
est la fortune dans les conditions du bonheur.
Ces plaisirs qui autrefois l'enivraient, elle
s'étonne d'avoir pu les endurer. Dans ces
fêtes où elle va encore et dont elle est peut-
être encore, à son insu, la reine, que vient-
elle à présent chercher ? Elle écoute sans
rien comprendre ; elle ne remarque plus
même avec plaisir la jalousie qu'elle excite :

la vanité est morte en cette ame de femme.
Pourquoi des réunions et des parures? Que
lui veulent les respects des hommes graves,
la malignité de ses plus belles rivales et le
regard enflammé de mille dandys? On s'en-
tretient de séances parlementaires, on reçoit
des gazettes, à quel usage? Est-il donc sur
la terre plus de deux êtres qui respirent, celui qui pouvait l'appeler ÈVE, et celui qui
disait: MA MÈRE? Elle aime; elle a joué avec
la flamme et la flamme l'a brûlée. Elle n'eût
pas long‑temps supporté son supplice et
peut-être eût-elle poursuivi déjà au hasard
son double trésor, si déjà elle n'avait ourdi
dans sa tête un projet qui va s'accomplir.
La puissance que vous avez l'ingratitude
d'appeler le hasard lui avait apporté d'abord
un espoir vague, puis quelques nouvelles,
bien qu'assez peu fréquentes, et enfin des
renseignemens exacts touchant les deux parts
de sa vie.

La Providence! En attendant le rapprochement qu'elle conjure, Ève en essaie les mira-

cles au profit des deux voyageurs. A force
d'or et surtout d'adresse; elle les suit par ses
agens. Et si un soir une brune et fraîche
paysanne se trouve au bord de la route avec
une petite corbeille de joncs, contenant quelques unes de ces cerises des bois, que Léo
n'avait vu encore que quatre fois mûrir, l'enfant en a envie, et la paysanne les lui cède bien
vite pour le sou qui lui sert de palet; et elle
s'éloigne plus promptement encore. Mais un
mystère s'est trahi par le poids du petit pan-
nier; l'enfant le porte à son ami, et le peintre,
prêt d'arriver au terme de ses ressources, se
voit offrir là une bourse cachée. Quelquefois
c'est un mendiant inconnu, et dont il est impossible de découvrir la trace qui, en rece-
vant la moitié du pain de l'enfant, a glissé
quelque chose dans sa petite poche. Un pli
qui n'enferme qu'une simple traite, arrive
à l'adresse d'Arnold, sans qu'on ait aperçu
l'émissaire. Il n'est pas jusqu'à l'arbre creux,
objet des études du paysagiste, pendant deux
jours de suite, et où allait s'abriter Léo, soit

contre la brume passagère, soit contre l'ardeur du soleil, qui ne recèle quelquefois un portefeuille. Léo le trouve avec son nom, il croit à la fée Urgande, et Arnold à une main plus amie, une sollicitude plus éclairée, plus ingénieuse que toutes les protections surnaturelles. L'artiste était plus humilié toutefois, que touché de ces offres invisibles. Il avouait bien que la mère avait le droit de veiller sur son fils; il voyait même plus dans cette constance à vouloir protéger et ne disputer jamais : il voyait un consentement tacite aux résolutions qu'il suivait périlleusement; mais il refusait constamment d'accepter les dons. Il pensait que l'enfant du pauvre devait s'accoutumer à la pauvreté. Si je ne puis lui donner la fortune, je lui apprendrai à s'en passer, disait-il. Conquérir ou se résigner sont deux moyens de vivre, et le dernier est plus facile et plus sûr. La vraie richesse consiste à s'affranchir de beaucoup de besoins; car la possession menace incessamment d'échapper, et l'abnégation ne compromet jamais l'avenir. Elle peut rendre au contraire plus doux l'avènement du bien-être, et elle enferme déjà une jouissance de l'orgueil. C'est de la dépendance de moins et de la liberté de plus. Ce sont là des arrhes données au courage de supporter l'adversité. On a plus vite fait d'apprendre à se priver qu'à acquérir, industrie toujours un peu hasardeuse pour la probité ; et mépriser l'argent, c'est détrôner les fripons, les sots et les rois.

Vers la fin d'une journée, les mains de son enfant qu'il laissait nues, il les réchauffait souvent de son souffle, et quand il le voyait bien las, mais riant toujours : Il n'aura pas de voiture, se disait-il, il faut qu'il s'aguerrisse à marcher.

Et il le prenait sur ses épaules.

Enfin le peintre reçut à Grenoble une lettre d'un homme d'affaires : on lui proposait de se rapprocher de Paris pour venir décorer, sur un plan historique, tout l'intérieur d'un château dans le Blésois : plafonds, galeries

et des fresques à sa volonté! Il trouverait des
indications précises aux environs de ce château même dans une instruction qu'on allait
adresser pour lui chez l'un de ses amis qu'il
estimait avant les autres. Il crut reconnaître,
non l'écriture, contrefaite du texte de cette
lettre, mais seulement à la suscription trem-
blée, la main de son ancien voisin Fontaine,
et il partît sans accueillir l'idée qu'on pût l'attirer dans un piége pour lui ôter son fils et sa
liberté. Il était si heureux d'avoir enfin un
champ pour son imagination, un avenir pour
sa palette, et devant lui une demi-année
d'existence, c'est-à-dire de travail! Il revint
donc sur ses pas, traversa les montagnes de
la Grande-Chartreuse, puis la Côte-d'Or, le
Berry, la Touraine, et ne s'arrêta que trois
fois et assez peu de temps, malgré les nuits de
repos qu'exigeait son frêle compagnon, avant
d'arriver aux termes de ce voyage. Cés sta-
tions furent autant d'hommages rendus à des
taleus occupant tous trois, à des titres divers,
les regards de la France contemporaine.

Il ne vit d'abord au but de sa première halte que le lieu même consacré par la présence assidue de l'une de nos célébrités. Le poète errait aussi. L'élégie était aux élections. Le temple sans le dieu lui parut assez prosaïque. Eh quoi! ces plaines uniformes du maconnais, se disait-il, steppes de vendanges et déserts d'hommes, composent la terre natale des recueillemens, la patrie des méditations poétiques! Contraste étrange entre les objets extérieurs et les facultés de l'artiste, l'imagination et les images. C'est en ce paysage désolé, sans hardiesse de lignes, sans ombrages et sans eaux, qu'on a rêvé les bois, célébré les Alpes et promené tant de nacelles sur les ondes argentées des lacs! Ainsi les choses auraient d'autant plus de charme qu'elles sont lointaines ; elles grandiraient dans la mélancolie de leurs regrets! Il faudrait célébrer le printemps, l'hiver ; et la liberté en prison. Rousseau a déjà soupçonné ce mystère. N'est-ce pas dans les cailloux en effet, n'est-ce pas dans les plus rudes coquillages

que se trouvent les grenats et les perles ?
Quel dommage que la lyre verbeuse qui se
recueille habituellement ici, manque d'élan
original et de variété dans les tours ! Il peut
suffire à la forêt de n'avoir qu'un murmure,
à l'océan qu'une voix, à l'oiseau que des mélodies infailliblement répétées, mais l'ame humaine a droit de se montrer plus fertile dans
l'expression de ses sentimens. Est-ce un sta-
tuaire que l'habile ouvrier qui ne saurait faire
prendre qu'une seule forme au marbre ? Oh !
pourquoi la première réputation de ce talent
n'a-t-elle été faite que par un parti ! Venu au
temps où nos gloires étaient abaissées et nos
libertés méconnues, il n'aura chanté ni les
souvenirs patriotiques, ni le futur réveil de
ce peuple qui a tant de fois mérité son affranchissement. La pitié de ce barde se tourne sur
lui-même dans une prédilection bien exclusive :
comme si la France aussi n'était pas une mère
et les concitoyens une famille ! Il aura, pour
je ne sais quelle société d'exception, refusé
sympathie à la tribu innombrable du pauvre.

Chaque génie amène à son tour une idée neuve sur le char de la poésie, crée ou épouse un jeune enthousiasme : celui-là n'aura-t-il doté son siècle d'aucune impulsion de progrès? Nos souffrances paraissent fort étrangères aussi à son imperturbable confiance dans l'indulgence de Dieu. Nos doutes, nos déceptions, nos regrets lui sont peu de chose; il a toujours la fatuité de l'espoir et la sécurité du paradis. On ne le connaît que par l'éternel sourire de son sort. Le bâton d'Homère, l'hôpital du Tasse, la mendicité de Camoëns, la cécité de Milton, le scepticisme si rongeur de Byron, il a tout remplacé par des châteaux en Bourgogne et une place à l'académie. Mélancolique à son aise, s'il aborde un sentiment amer, on sent qu'il l'a choisi : c'est un sujet plutôt qu'un mal. Il lui convient de revêtir le deuil; le deuil sied à sa blonde muse. Elle cadence la douleur en rimes si harmonieuses qu'on est averti que la douleur n'existait plus quand elle a été ainsi traduite et chantée : au lieu d'un cri,

c'est un concert. C'est un rôle appris sans
fausse note. Ainsi mourait la Malibran sous
le nom de Desdémona. On a vu des poètes
oublier jusqu'à leur art pour souffrir : celui-ci
oublie son mal pour n'être qu'artiste.

Et la première moitié de cette carrière, réfléchissait Arnold, fut stérilement contempla-
tive. Elle ne reproduisit guère que les inspirations de Châteaubriand : et Châteaubriand
fut plus heureux dans l'opportunité de ses résistances. Son dieu n'était pas celui du pouvoir.
Il eut l'avantage de n'être jamais venu au
secours des plus forts. La seconde période du
nouvel écrivain demeurera-t-elle seulement
ambitieuse et sensualiste ? Ses poëmes commencent à abaisser leur vol. Le voilà aux
aventures terrestres, à nos passions trivia-
lement prêtées aux anges : joies de géant,
inventions sadiques, tête enfoncée dans une
poitrine d'homme, cœur mangé, femelle
vampire d'amour et des fleurs artificielles, et
un roman versifié ! L'académicien met son
ciel à terre. Et vous lui demandez d'être

correct et pur? Il a d'autres soins à prendre!
N'est-il pas de ce nid d'aiglons que vous
appelez vos députés? Vous voulez qu'il cor-
rige et élève ses conceptions épiques? Il a
un amendement à proposer sur la réduction
des rentes. C'est par là que la poésie devient
positive, et la politique rêveuse. Ne peut-on
craindre que pour avoir voulu être à la fois
homme d'état, voyageur, chef de secte humanitaire, pour avoir essayé de toucher à l'idée
par une main et à l'action par l'autre, tout
n'échappe à cet ambitieux sonore, et qu'il ne
laisse après lui que des vers?

Puis notre voyageur, en traversant l'Allier,
s'avança à l'ouest vers un pays coupé, om-
bragé, incivilisé. C'était ce royaume de Bour-
ges, la France entière au temps de Charles VI,
province oubliée aujourd'hui par l'ingratitude
constitutionnelle de vos administrations suc-
cessives. Il vit un sol qui s'épuise à contri-
buer aux routes, aux ports, aux canaux des
départemens lointains, et qui dans cinq cents

ans n'aura pas un chemin de fer. Là pourtant est le cœur du pays : mais l'hygiène politique des rois n'alimente que les extrémités. Ce fut là, pensait-il, le premier point militaire où Richemond put rallier des troupes contre l'Anglais, et aussi le premier bivouac où nos soldats de la Loire posèrent un appareil sur leurs blessures. Arnold se détourna un peu pour aller porter un souvenir sur la pierre qui recouvrait Stanislas. Déjà depuis trois mois l'herbe poussait à l'entour. Raymond n'avait pas tardé à suivre son maître, et rien ne paraissait plus répondre à la piété des voyageurs. Léo fit une couronne avec de petites marguerites au cœur d'or et des pensées sauvages ; mais l'accent des plus douces prières, mais l'offrande la plus touchante ne soulevèrent pas un atome, pendant qu'au dessus de leurs têtes, les vents menaçaient de déraciner les montagnes. Pouvoir du matériel et impuissance de l'ame !

Arnold s'arrêtait à peine dans quelques chaumières, soit afin d'obtenir des fruits pour l'enfant, soit pour apprécier peut-être les caractères et le progrès de la civilisation dans cette France écartée. Mais il fut rarement satisfait des épreuves. Ses questions sur le chemin étaient spécialement mal reçues. Là, le colon qui n'a jamais quitté l'ombre de son clocher gris, le laboureur de la moindre locature n'imagine pas qu'on puisse ignorer l'inextricable dédale de ses sentiers tordus entre tant de buissons inutiles. Il soupçonne une moquerie sous chaque information ; et si enfin il ne dédaigne pas de vous répondre :

— Vous irez jusqu'à tel endroit, Monsieur ; et vous trouverez ensuite une chétive église à gauche.

— Bien.

— Puis un peu plus loin un grand noyer : vous savez ?

— Oui, j'y ai passé, je crois m'en souvenir, une fois...

— Eh bien ! ce n'est pas là. Après l'église, il faut dévaler à la rivière. Il y a un taillis de coudriers : vous savez ?

— Non.

— Eh bien ! c'est là.

— Mais comment nous reconnaître ?

— Toujours tout droit, répondait l'autre en s'éloignant.

— Et du lait ? mon ami, demandait plus loin Arnold à un fermier assis sous le portail de sa grange au soleil.

— J'en ai bien toujours d'ordinaire, disait le berrichon, mais voilà six semaines que ma sacrée femme est malade, et c'te pauvre vache n'est pas soignée !

— Pouvez-vous nous faire rafraîchir autrement ?

Et le paysan revenait tout fier du cellier avec un pichet écumeux, débordant de boisson rosâtre.

— Que manque-t-il à ça, Monsieur ?

— Un peu d'estragon, conseillait Arnold.

— Moi, j'aime mieux l'eau du COFINIOT, disait le petit avec une charmante grimace.

Pour apprécier ce choix, il faut savoir qu'une bûche de deux pieds de long, creusée en tasse par un bout et en gouttière par l'autre, est traditionnellement la coupe fraternelle qui, sous le nom de cofiniot, se moisit dans tous les seaux de la contrée.

Enfin Arnold surprenait souvent l'habitant de ces campagnes dans une admiration fossile pour le souvenir de Bonaparte, et s'il demandait :

— Comment pouvez-vous regretter l'homme qui, aussitôt qu'ils arrivaient à l'âge de vous aider à la charrue, vous enlevait vos enfans pour la conscription ?

— Il en prenait un, c'est vrai ; mais j'en vendions deux, Monsieur.

— Et voilà, réfléchissait l'artiste, les fruits de l'abolissement de nos écoles primaires.

Enfin, à travers ces observations chagrines, Arnold arriva non loin d'une rieuse sous-préfecture. C'était jadis une vieille garnison de César : TRICASTRA ; c'est aujourd'hui une petite cité républicaine. Là les cœurs sont ouverts, la politique généreuse, le vin absurde, les jeunes filles enivrantes. Il venait de lais-

ser l'Indre tout entier endormi dans les roseaux d'une écluse de forges ; deux jours avant
il l'avait, tout entier aussi, vu tomber devant
Ussé, au sein de la Loire : Ussé, le château
des Belles-Cousines, où fut naguère écrit le
trop vanté roman d'Ourika. Comme il parcourait une certaine montée de Corlay, d'où
les naturels du pays croient avoir une vue
superbe, parce qu'elle est vaste et présente le
monotone aspect d'une carte géographique,
parce qu'ils soupçonnent de là quelquefois
l'horizon des Monts d'Or, seuls sommets nei-
geux qu'ils aient jamais aperçus, Arnold s'en-
nuya de la grande route et se jeta à droite.
Le mouvement du terrain lui promettait une
vallée, et bientôt il se perdit entre des prés
demi-fauchés et de vagues jachères plantées
de grands aulnes. C'était la Vallée-noire, une
création de romancier. Un peu plus tard
quand le peintre voulut se diriger vers une
habitation qu'il cherchait, car il avait autrefois
annoncé ce projet devant Ève, au risque
d'éveiller sa jalousie, il lui fallut d'abord

s'orienter, dans une métairie, sur la latitude
de ce but de son excursion. Mais comment,
à travers une cour emplie de chaume fangeux
et mouvant, aborder, dans une métairie de
cette province, l'étable humaine appelée maison? maison dont le sol n'est parqueté que
d'argile raboteuse et dont la porte unique sert
de cheminée à l'âtre et au four? Une légion
de chiens sauvages, sortie à sa rencontre,
n'eût respecté ni les habits du peintre ni ses
mains, si Léo, au milieu de leurs aboiemens,
n'eût couru naïvement à eux en les appelant
des noms les plus caressans. Essayez de cette
fascination : cachez en approchant des gran-
ges vos bâtons. Les chiens de Berry qu'on
affronte sans armes sont moins hargneux que
les percepteurs de contributions abordés sans
à-compte.

Quand Arnold osa entrer là, il vit un buffet luisant protégé par le buis béni, un portrait
de sainte Solange encadré dans un cantique
et un lit carré enveloppé de ses rideaux de
toile. C'était tout l'ameublement.

La mère-grand, sur une chaise très basse, se tenait devant la crémaillère au pied de laquelle murmurait un pot de la terre de Verneuil, et une jeune fille tremblait la fièvre dans l'énorme lit. Ces deux êtres étaient seuls ; ces deux extrémités de la vie devaient se suffire, car tous les autres membres de la rustique famille étaient au pré. L'aïeule ne se retourna même pas en voyant, de la porte, l'ombre d'un corps se projeter dans le rayon de soleil qui traversait familièrement la chaumière , mais elle dit avec un empressement tout joyeux :

— L'eau est bouillante, not' maîtresse!

Et presque au même instant une autre personne entrait derrière le peintre. Bien que son pas fût léger et sa précipitation adroite, cette personne parut si pressée qu'elle heurta légérement Arnold en entrant.

— Et voilà, mère! dit le personnage étourdi en jetant sur le tablier de la bonne femme une jonchée de fleurs à vertu sudorifique. Faites un peu de tisane à Mariette, et demain, quand l'accès sera passé, qu'elle prenne, dans trois cuillerées d'eau et à demi-heure d'intervalle, les petites balles argentées que je vous apporte. Adieu. — C'est du sulfate de quinine, docteur, vous ne connaissez rien de mieux encore que ce spécifique contre la fièvre, n'est-ce pas?

— Mais, dit Arnold, que le survenant n'avait pas même regardé, on me fait ici plus d'honneur que je n'en mérite : je ne suis point de la Faculté.

Celui qui semblait être de la famille, tant les yeux de la bonne femme avaient exprimé de tendresse et de confiance à son approche, parut contrarié de la méprise. Il se retira vers l'enfoncement du lit de Mariette avec l'évidente intention de chercher à gagner un coin obscur et d'éviter la curiosité de l'observateur. La manœuvre fut exécutée vite, mais Arnold était trop expert en matière de physionomie, et trop ardent chercheur des traits où l'ame se révèle, pour n'être pas attiré sur cette trace fugitive. Il ne sut, au premier coup d'œil, démêler à quel sexe appar-

tenait le juvénile conseiller.. Ce personnage
avait la taille grêle et le teint brun , l'air bou-
deur et les yeux veloutés. Une blouse enve-
loppait son corps sans ceinture et recouvrait
ses vêtemens, jusqu'à ne laisser déborder que
la pointe de ses brodequins de cuir verni;
mais sur sa tête, absolument nue, se parta-
geaient en deux masses égales des cheveux
admirablement bouclés et du plus harmonieux
châtain.

— Serait-ce là , se dit le peintre, un étudiant allemand, quelque Saint - simonien
novice? une jeune fille de Smyrne ou de
Varsovie qui vient éclore ici sous les habits
d'un sexe étranger?

Il vit qu'il gênait, et il se résolut à faire
sans retard la question qui l'avait amené en
ce lieu.

— Si je ne puis vous être bon à la moindre chose , poursuivit-il alors , s'adressant
moitié vers le feu, moitié vers l'alcôve, je
vous demanderai, s'il vous plaît, le chemin du
château de Nohan.

— Nohan ! reprit la grand'mère avec un rire niais : Vous êtes ben adressé, Monsieur, ajouta-t-elle en se retournant vers le fond de la chambre.

Mais Mariette, dont le médecin provisoire interrogeait en ce moment l'artère, rougit de se sentir très vivement presser le bras ; et, comme inspirée, soufflée par une impulsion qu'on lui aurait subitement transmise :

— Il faut remonter la première saulée à gauche, dit-elle ; vous reprendrez bien vite la route, et après le bourg de Vic, c'est la première grand' maison : elle est couverte en ardoises.

Le soir allait déjà venir. Arnold vainquit un assez vif sentiment de curiosité sur ce botaniste qui lui tournait obstinément les épaules, et il prit la direction qu'on indiquait. En vain Léo voulait aller du côté d'une bergerie où il avait vu, disait-il, un beau dada qui rongeait son frein et creusait la terre de son pied : les deux amis s'éloignèrent.

La résidence qui attirait Arnold, il la trouva

bientôt et sans peine. Elle n'offrait rien d'un aspect seigneurial, pas même la vétusté des murailles. C'est un bâtiment peu élevé, style Mansard, petits fossés en parterre, et établi au bord de la route à peu près comme on y poserait une auberge. Au milieu d'une plaine ingrate, il manque à cette maison jusqu'à la coquetterie de quelques beaux arbres pour se dérober à demi. On dirait qu'une spéculation de la curiosité l'a placée ainsi jadis pour tirer parti du spectacle d'un chemin public. Qui soupçonnerait là un sanctuaire poétique? Le voyageur s'attendrait plutôt à voir à ces fenêtres à carreaux étroits une matrone en besicles, tenant un feston par contenance, quelque tante Aurore tricotant son bas de filoselle, afin d'admirer à loisir les monotones allures du pélerin gagnant la foire de Saint-Chartier.

Arnold, arrivé au CHATEAU, fut introduit par la naïveté d'une servante, grosse réjouie vêtue de droguet bleu des pieds à la tête, et portant un bonnet de toile bise garni d'une bande de toile blanche en guise de dentelles.

Conduit dans un salon tout carrelé de petites briques cirées et faisant miroir, il avait à peine commencé du regard à faire connaissance avec de nombreux amis qu'y réunissait d'avance une vaste hospitalité, que le galop d'un cheval ébranla le pavé de la cour. Il s'avança vers la fenêtre. Un jeune homme descendit qui gagna lestement une autre entrée de la maison, comme s'il avait eu hâte de remplir un devoir ou de donner quelques ordres. Ce cavalier qui avait caparaçonné de sa blouse la croupe de son cheval, était vêtu d'une redingote de velours noir. Il ne portait point d'éperons, mais il avait à la main une cravache sifflante et sur sa tête une casquette de chasseur.

— Voilà Madame! dit une voix connue d'Arnold. C'était celle de l'excellent comédien Bocage qui se trouvait au nombre des convives.

Les occupations qui captivaient sans gêne les habitans de ce curieux salon, ne continuèrent que quelques instans, car la châtelaine

entra presque aussitôt, et Arnold fut touché
de l'air noble et simple de cette personne. Elle
n'affecta point, mais elle montra pour lui de
la dignité. Sa toilette venait de la changer subitement. Dans une femme sérieuse et parée,
il s'abstint de retrouver rien de ce qui pouvait se trahir encore en elle de brusque à la
fois, de masculin et de distrait. Lorsqu'il présenta une lettre de recommandation, demande
de patronage qui masquait l'unique sentiment
d'admiration qui l'eût conduit en ce lieu, elle
parut surprise de la signature.

— Je me croyais brouillée, dit-elle, avec
le loup-garou qui vous recommande.

— C'est ce qu'il m'a assuré comme vous,
répondit l'artiste. Il se juge usé dans vos affections fraternelles, mais il a gardé pour l'é-
crivain un tel enthousiasme , une affection si
sincère, qu'il ne pourra jamais se croire
étranger ici.

— Les absens n'ont d'autre tort ici que
d'être absens, répliqua la jeune femme en
présentant la main au voyageur pour passer

dans la salle à manger. - Et ce fou, ajouta-t-elle, a-t-il enfin gagné quelque chose à ne courtiser que la solitude, à n'ambitionner que le suffrage de sa conscience? C'est un paysan moins la santé, un anachorète moins la vertu; il mourra dans l'antichambre de la gloire, faute de CAMARADERIE, lui qui n'attendrait pas dans un salon de roi. Soldat de la presse victorieuse en 1830, il a manqué du courage d'être préfet; et homme littéraire, avec une bonne fortune inouïe, celle d'avoir fait fleurir un barbarisme dans la langue de Voltaire. Il ne sera jamais de l'Institut.

— Pas si modeste, dit Arnold.

— Aurore! demanda une comtesse au teint pâle, à la taille souple et aérienne, blanche Péri à la robe d'azur, aurons-nous aujourd'hui du gâteau de Ganat, du vin de Transault, de la fromentée?

Toutes les richesses de mon pays anti-gastronomique, répondit l'amphytrion qui eût payé de sa fortune le festin de Balthazar pour y faire asseoir ses amis.

Et le peintre admira le plus élevé de nos esprits estétiques retournant sans efforts aux menus détails de sa maison.

— Ce George là, dit un des convives près de qui Arnold épanchait ses étonnemens, petit homme aux yeux noirs, au teint vert, à la tenue ecclésiastique, est la fille du plus brave officier du brave Murat, roi de Naples : et l'aristocratie des qualités remonte ici plus haut encore. Un fils aîné s'appelle Maurice ; et on parle, Monsieur, d'un sang illustre, d'une ardeur homérique qui se seraient jadis alliés ici aux molles tendresses et aux voluptueux abandons d'Adrienne Lecouvreur. Il y aurait là du héros et de la muse, de la patricienne et de l'artiste. Du reste, ajouta le même personnage, elle fait bon marché, la première, du rapprochement de ses dignités féodales et de sa vocation d'ouvrier en livres. Si c'est un grand écrivain, elle est bien moins aussi : elle est princesse !

— Comment ?

— C'est un titre innocent que lui a trans-

mis le maréchal de Saxe, et elle a le droit de
signer demain en riant le plus remarquable
de ses écrits (ce sera toujours le dernier)
George S..., princesse de Tabago. Faites-vous
expliquer cela dans un autre loisir.

Le dîner qui se prolongea fut plus somp-
tueux que grave. C'était la vie de poète dans
tout son faste généreux : luxe de mets, de
fleurs et de liberté. Le bon cœur et l'en-
train s'y mêlaient plus spontanément que
l'ordre et l'à-propos. Les enfans tenaient la
conversation générale, et le soin de les gâter
appartenait à tout le monde. Léo fut protégé évidemment par Solange, rejeton plan-
tureux de cette fleur brune et svelte. Tout
entretien était bouffon ou métaphysique. Ce
que n'était pas cette réunion surtout, c'était
présidée. Quelque témoin des étiquettes ge-
nevoises, quelque contemporain des hôtes
de Copet se serait peut-être étonné, en
voyant le sceptre de Corinne passer brusquement à Indiana, de la dissemblance énorme
des héritiers immédiats. Les jours et les rois

qui se suivent ont moins de désaccord.entre eux. Après la majesté d'une cour, c'était l'établissement d'une république oligarchique, mais plus parfumée, plus chantante, et un peu moins masquée que celle de Venise.

La maîtresse de la maison examinait curieusement et affectueusement Léo. Quand le café eut été servi sur la terrasse, la musique reprit le premier rang des préoccupations de ce cercle d'élite où toute supériorité dans les arts était représentée. Le plus inattendu de nos improvisateurs alla chercher tantôt de chastes rêves au fond de la verte Bohême, tantôt aux enfers des harmonies sinistres, et il dessina enfin sur le clavier des arabesques d'harmonie semblables à la danse effrénée des montagnes et aux évolutions des astres.

Pendant ce temps un philosophe austère et naïf, le chef d'une école innommée encore, Pierre Leroux, faisait pour Solange un collier de bluets. Éverard, las d'une partie de volant, essuyait ce front qui est un mur raide et uni, et le saint de la Bretagne, à la face austère et terrible, attachait une greffe de multiflor sur un rosier du Bengale enveloppant à demi la porte vitrée du salon.

Arnold reconnut nombre de portraits de courtisans, peu flattés dans les Lettres d'un Voyageur. Aux femmes seules, comme dans tous les autres romans de la même plume, la justice était rendue : depuis Brigitte aux yeux noirs jusqu'à « notre jolie flamande Eugénie. »

Et cependant, au milieu des frénétiques appels du piano, le recueillement descendit dans l'ame qui a tracé le stoïcisme de Jacques. La blonde petite fille apportait à sa mère un album, une plume, deux carreaux arrachés du prochain divan ; et dans un angle écarté de ce club excentrique, au bruit interrompu et repris des applaudissemens, des bourrées d'Auvergne essayées devant la porte, des dissertations religieuses et des rires apocalyptiques, le poète acheva d'écrire cette chronique de Mauprat, d'où le comédien déjà nommé aurait bien voulu voir éclore un drame.

Quand la nuit fut venue, on repoussa les bougies pour s'élancer dans le parc. Arnold avait profité de la dernière lueur du jour et des distractions de chacun pour achever une rapide esquisse.

La gracieuse reine du logis eut en ce moment l'évidente pensée d'adresser une question au peintre, de lui faire part d'un rapport mystérieux qu'elle commençait à démêler entre les secrets de ce jeune homme et sa présence non tout à fait inattendue chez elle. Mais d'abord elle eût voulu lui inspirer la confiance de parler de lui. Elle alla prendre sous un coffret, dans les pages d'un grand Shakespeare, à un endroit où le signet était remplacé par un petit rameau de saule, une lettre reçue depuis huit jours. Elle la passa dans son corsage ; puis, afin d'enhardir peut-être son hôte à quelque franchise, elle lui confia son burnous, en l'invitant à venir au jardin voir le lever des étoiles.

Arnold retint les doigts délicats ; puis, les

baisant avec respect pour avoir écrit jadis de belles paroles sur l'amitié :

— Pardonnez-moi de préférer, dit-il, ce vieux usage de la courtoisie française à certaine cordialité compromise par l'usage qu'en fait la cour. Est-il vrai, Madame, se hasarda-t-il à ajouter en marchant, et un peu embarrassé d'entamer une conversation digne de l'heure et de la rêveuse prêtresse, est-il vrai, qu'il n'y ait pas long-temps que vous ayez commencé...

— Mon métier d'auteur? Hélas! Monsieur, j'ai avoué quelque part que j'avais pressé mon imagination de produire sans m'inquiéter du concours de ma raison; que j'avais violé la Muse, quand elle n'avait pas voulu céder; elle s'en venge par de froides caresses et de sombres révélations : au lieu d'accourir souriante et couronnée, elle vient pâle, indignée, amère; elle m'a dicté des pages tristes et bilieuses, et se plait à tout glacer de doute et de désespoir. Ce remords se fait sentir à moi plus poignant de jour en jour.

— La curiosité du monde se jette volontiers sur les commencemens de la célébrité, Madame ; elle aime à remonter aux sources de la gloire, et à ressaisir la virginité du talent. On raconte sur le vôtre, de fabuleuses prémices.

— Et lesquelles? Il pourrait être piquant, continua la châtelaine en roulant un peu de tabac dans un papier espagnol, d'entendre raconter sa propre histoire ; d'entr'ouvrir une page de sa biographie. Si vous en tenez un feuillet, lisez, Monsieur. Permettez seulement que je n'émette aucune opinion sur ce récit, que je ne démente ni ne confirme aucun détail. J'écouterai. Il peut être instructif d'assister à sa postérité, par hasard.

— Vous seriez venue à Paris, Madame, vers 1831, dans une crise de mauvaise fortune, conséquence pour vous d'un désintéressement généreux ; et, émigrée volontaire, vous n'auriez fondé la chance assez hasardeuse d'une fortune à ressaisir que sur votre résignation à faire des portraits à l'aquarelle.

L'accusée se prit à sourire en dépit de la promesse qu'elle venait de se faire à l'heure même.

— J'aurais donc l'honneur, poursuivit Arnold, d'avoir eu avec vous un trait de ressemblance : l'amour du dessin. Il y a ce rapport entre nos chétives ébauches et votre mérite, que le peintre essaie de donner l'intelligence à un masque, et que vous savez créer une figure pour la pensée. Comme Dieu, vous incarnez l'ame : elle marche, elle agit, elle souffre dans vos pages. Du fond de ces campagnes vous auriez apporté sur le quai Voltaire une lettre adressée par une protectrice d'enfance à l'obscur ami dont nous avons parlé. Ce frère hospitalier de tout mérite qui se veut produire, ce petit Manteau-Bleu de la littérature, de qui l'on a imprimé, je crois, qu'il avait fait moins d'ouvrages que d'auteurs, vous accueillit comme le fruit le plus beau de sa terre natale. Enhardi qu'il était pour s'être trouvé déjà la main heureuse en quelque prophétie de même sorte, il aurait immédia-

tement compris votre vocation, et eût pro-
féré votre sentence : Condamnée au talent !
non à celui qui vous eût fait un successeur
de Blaise et d'Augustin, mais le rival de
Byron. Ainsi, vous auriez été encouragée
dès l'abord à subir la fatalité de votre génie. Vos premiers essais, envoyés à la rédac-
tion d'un petit journal, étaient d'une gaîté
douteuse et d'un naturel un peu convenu ;
mais ces frivoles essais s'enveloppaient dans
des lettres tristes et admirables : c'était
le cuivre plié dans l'or. Vous saviez déjà ,
non pas inventer comme Swift, mais vous
souvenir comme l'auteur des Confessions.
Vos mélancolies parurent d'inestimables
richesses. Il ne vous fallait, pour marcher
en vainqueur dans la carrière, que suivre la
trace de vos larmes. On vous annonça d'immenses succès, et on s'en souvient toujours
avec orgueil, parce que c'est quelque chose
que d'avoir pressenti un maître, et dans son
gland mesuré le chêne. Le premier éloge de
votre pouvoir, destiné à devenir souverain ,

serait sorti, Madame, d'une bouche républicaine : cela est-il exact? et fûtes-vous invi-
tée, en vous étudiant vous-même, à vous dé-
vouer sur l'autel du roman à être le dieu,
le prêtre et la victime? D'abord votre effroi
de quelques récens chagrins s'effaroucha
d'une demi-clarté que saisirait le lecteur;
vous saviez peu mentir. Il fallut enseigner
à une femme cette hypocrisie poétique qui
s'inocule en si peu d'heures : et comment on
peut glisser son cœur sous le manteau d'un
personnage fictif, comment on déguise l'âge
d'un héros dangereux ou d'un tyran redoutable. Enfin, votre premier livre parut et tout
y était coloré du sang de vos blessures. Madame, avez-vous oublié, devant votre premier
succès, la joie de l'innocent sorcier qui
plein des souvenirs de Macbeth, vous cria le
premier sur les bruyères d'Aulnay : Enfant,
tu seras roi! Vous étiez émue de cette sou-
daine victoire, vous prites cet enthousiasme
pour une illusion de l'amitié. J'ai vu de vous
une lettre où est tracée avec bien de la grâce

la pudeur de vos étonnemens. Depuis, tant d'ovations vous ont fait tant d'amis, que le plus ancien a eu le droit de s'éloigner sans faire remarquer son absence. Le visiteur de la place Saint-Michel, dans la mansarde aux courtines bleues, a pu s'abstenir des salons. Je le blâme toutefois. On ne devrait jamais abandonner ses amis dans le bonheur : la tête peut leur tourner. Mais il est un temps aussi où les jeunes muses déchirent leurs affections un peu plus vite que leurs mitaines. De loin, le paysan toujours fidèle vous a suivi de ses vœux dans toutes vos luttes ; il ne s'est jamais laissé serrer la main par aucun de vos insulteurs ; et bien qu'il ait cru, dans votre ardeur de monter, vous voir quelquefois, comme l'aéronaute, rejeter des poids inutiles et des amitiés pesantes, il vous a suivi de l'œil dans les airs sans désapprendre votre nom aux échos de sa rustique vallée. Il sera toujours fier, Madame, d'avoir été assis au premier seuil où vint heurter le pélerin à la chevelure brune et bouclée, d'avoir été le caillou sympathique où le pur acier a révélé sa flamme.

— Ce qu'on appelle la gloire, Monsieur, reprit alors et impassiblement le poète si indiscrètement interrogé, n'est qu'un déplorable don. On est avare de ses facultés pour les réserver toutes à son œuvre : le travail étouffe l'instinct affectueux. L'auteur est un animal égoïste et dur, il oublie ce qu'il a recherché, le frère de la veille pour le courtisan du lendemain. Une sœur de charité vaudrait mieux !

— Je connais des talens qui ont aussi la vertu dont vous parlez, Madame ; et de doctes et blanches mains ne dédaignent pas plus aujourd'hui de faire de la tisane... que jadis les princesses d'Homère d'aller mouiller leurs voiles à la fontaine.

— La gloire ne mène à rien, dit la bienfaitrice, sans vouloir comprendre cette allusion ; demandez au philosophe encyclopédiste qui joue là-bas avec ma fille. Il a bien raison d'avoir dit que la première vérité à savoir sur

le bonheur, c'est que le bonheur n'existe pas :
c'est un mirage ! Et pour nos succès de vanité,
ils sont destinés, Monsieur, à diminuer tous
les jours. Nos derniers ouvrages vaudront-ils
jamais les premiers ?

— Souvent ils valent mieux. Ne soyez pas
dupe, dit le peintre, de la quiétude ingrate du
public sur le profit qu'il attend d'un mérite
connu. Le premier de tous les avantages pour
ce pacha grossier, c'est d'être l'esclave nouvelle. Un trésor qu'on n'attend pas est quelquefois prisé au dessus de sa valeur ; et puis ce tribut d'admiration une fois surpris, la vanité des
juges s'afflige. L'admiration est le plus pénible
des sentimens à soutenir ; il demande incessamment à se dédire et à se venger. Le second
effort de l'athlète produit moins d'effet,
parce qu'il a été escompté. Le plaisir se doit.
Le public est ce pauvre qui, lorsqu'on lui a fait
une fois l'aumône, regarde le bienfait comme
une dette : il exige la quotidienne charité du
talent, il la fait demander avec l'escopette de
ses journaux. Enfin, contre cette formule de

justice distributive : Passez, bon homme, on
vous a déjà donné, le public se révoltera toujours. Un progrès, fût-il éclatant, un mérite
devînt-il double, le tyran ne le sent pas, il
n'en est plus étonné. Il se croit plus juste
parce qu'il est moins sensible, et il se donne
un air impartial en rappelant un premier
succès, pour avoir le droit de déprécier le
second. Mais vos succès à vous, Madame, ne
sont guère de ceux qui craignent l'épreuve
de l'injustice et du temps. Une réputation
commencée par la foule n'arrive pas toujours aux connaisseurs; mais si elle est consa-
crée d'abord par les intelligences d'élite, elle
grandit sans cesse et s'établit pour jamais
dans la popularité.

— Hélas! je ne suis peut-être, dit modes-
tement l'écrivain célèbre, que le miroir des
idées qui passent devant moi par l'esprit de
mes frères; peut-être ne suis-je que l'écho
qui double quelquefois les retentissemens,
mais peut altérer aussi la droiture du sens.
J'aime à répercuter ce qu'on m'a fait enten-

dre ou sentir. Mais le principe d'une philosophie unitaire est-il bien en moi? O mon
Dieu! ai-je avoué une fois, s'il pouvait me
tomber de votre sein paternel une conviction!
Au reste, le succès ne serait beau qu'ici,
Monsieur, couvé dans le secret des amitiés
choisies. Auprès de nos flatteurs du foyer, de
nos épanchemens intimes, qu'est-ce que le
morne public? Un livre qui des illusions de
l'auteur a passé à l'exécution, puis des élec-
tricités d'une confidence à la profanation de
la publicité, c'est la vierge défunte, c'est le
parfum d'un flacon ouvert; c'est le sachet
oublié à terre, si odorant la veille encore
dans le coffre de cèdre où il était enfermé.
Mais d'ailleurs, où est-il en France le talent?
Partout et nulle part. La division de l'esprit
s'est opérée ici comme celle du territoire;
tout le monde est petit propriétaire, les grands
fiefs ont disparu. On l'émiette, le talent,
comme on a émietté le sol. Pour moi, je ne
voudrais vivre que de la vie des champs,
c'est la plus noble et la plus longue. Pour-

quoi dépenser l'ame dans cette mesquine activité de Paris, moulin qui tourne sans cesse
sans rendre profitable aucun grain nour-
ricier? Quelle condition pourrait s'égaler à la
dignité d'une existence vouée solitairement
aux arts? Cultiver dans la retraite une pensée d'avenir que le vulgaire n'a jamais possédée, quelle joie! Les beaux jours que ceux
où l'on ne s'occupe qu'à composer, n'est-ce
pas? où l'on n'a rien senti, rien vu, rien désiré hors des facultés intellectuelles! Quand
l'âge échappe, il ne nous reste de nous-mêmes
que le souvenir de ces heures laborieuses.
Alors on allait errer, laissant l'inutile journal
assoupi sous sa bande intacte. Si quelque
chose a distrait du cercle des méditations,
c'est le soin d'une bonne œuvre; si l'on a
regardé quelque objet extérieur, c'est la grâce
variée des gramens, la légère famille des
saxifrages. Avez-vous quelquefois, pour
mieux réfléchir, essayé de monter dans un
arbre? Avez-vous suivi au hasard la course
de votre chien qui fait voler le chaume sous

ses pieds joyeux? Ah! Monsieur, respirer
l'air du midi au bord de l'eau, s'asseoir comme
ici sous un chèvre-feuille quand s'éteignent
les derniers bruits, les derniers feux du jour
et que le ciel semble écouter la terre, c'est
espérer et vivre. La vie ne consiste pas à agir
mais à rêver. Quel triomphe obtenu par le
succès d'un drame, vaut les espérances qu'avait
fait naître son plan dans la retraite? Et puis
causer avec l'écho, s'endormir à la cloche
du village, après qu'on a vu la lune d'automne se lever à l'angle accoutumé du ma-
noir! Croyez-vous qu'à la grossière fumée
des encens de gazettes, je compare la vapeur qui montera demain légère et blanche
le long des prés Girault, sur les grands vi-
viers du Château-Fondu? Pâlissez donc pour
l'opinion lointaine des indifférens, plissez
vos fronts encore rieurs pour la conquérir!
Écoutez une histoire, Monsieur.

Lorsque l'illustre auteur du Génie-du Christianisme descendit au congrès de Véronne
sous l'habit d'ambassadeur de Louis XVIII,

une princesse de la maison de Sardaigne
lui dit, pendant qu'écuyer respectueux il
l'escortait du palais à la chapelle : « Vous
n'êtes point, Monsieur le vicomte, n'est-ce
pas, parent d'un Châteaubriand qui a écrit
quelque chose? » Voilà la gloire, Monsieur!
Et la question procédait par la négative; et
elle était faite comme une amende honorable
à la supposition qui avait traversé l'esprit de
la noble dame. Voilà la gloire! N'est-ce pas
une humiliation, n'est-ce pas une servilité
dont on doit se défendre?

— Erreur, Madame, vous appartenez au
monde. Vous ne sauriez plus faire un pas,
dire un mot, que la renommée ne vous épie.
L'obscurité est comme cette île de l'honneur,
où l'on ne saurait rentrer dès qu'on en est
dehors. Ce vulgaire, que vous faites à votre
gré tressaillir de terreur ou palpiter de joie, il
est votre esclave et votre maître. Il attend la
vie de votre animation, la pensée de votre
pensée, et il vous commande. Il faut obéir
au tyran qu'on méprise, subir la loi de l'ilote

et du vandale. Le consommateur oisif d'é-
motions, veut un roman d'hier sur sa table,
par le même sentiment, disait Champfort, qui
lui a fait désirer ce matin de voir passer des
singes et des ours quand il s'est mis à sa fenêtre. Si une faute ordinaire met une femme
à la merci de la société, quelle faute que le
talent! On vous attend pour s'émouvoir, on a
besoin de vos souffrances pour jouir ; payez ce
tribut au monstre que vous avez appelé vous-
même buveur d'encre et de larmes : Je t'ac-
corde le génie et tu n'écrirais pas! Écris, dit-
il. Et il s'indignera contre vous ainsi que l'in-
dolent créole devant le nègre : — Travaille,
puisque tu es nègre : pourquoi t'épargnerais-
tu des sueurs quand je me repose? Il me semble, moi, que si j'étais nègre... et si j'étais auteur, c'est à écrire que j'emploierais toutes mes
nuits. Ah! si nous tenions, avouaient les éditeurs de Kell, M. Voltaire et M. Rousseau à
notre disposition, bien enfermés dans un bon
grenier au pain sec et à l'eau, il faudrait bien
qu'ils fissent un chef-d'œuvre tous les jours!

Non, Madame, vous ne pouvez abdiquer.
Votre mission est écrite : la robe du poète
est le vêtement qui brûle. Je vous défie de
passer dans la ville sans être suivie de l'œil
et du doigt; vous appartenez à la curiosité
oisive et à l'exigeant·ennui des sots. Vous êtes
leur proie, leur homme lige, leur denrée.
Vous vous êtes vendue à la gloire, vous avez
tenté Dieu et la presse, votre nom est livré à
la louange des hommes : plus de paix pour
vous, plus de vallons secrets, plus de retraite
mystérieuse et chérie. La bête féroce qui vous
dompte, crie tous les jours à votre oreille :
Marche! comme cette voix impérieuse de l'é-
criture : - Marche! marche toujours !

— Et si je n'obéis pas?

— L'oubli.

— Ah! la douce vengeance! s'écria la châtelaine. Je l'appelle de tous mes vœux. Périsse,
Monsieur, la vaine couronne. Savez-vous ce
que fit Dioclétien quand on lui offrit l'empire?

—Je crois me souvenir, Madame, qu'il mena
l'ambassadeur dans son jardin et lui fit voir

de magnifiques palmiers, de grands aloës, des
pêchers africains greffés de sa main impériale.

— Je n'ai, moi, encore que de bien jeunes
pépinières ; mais je possède des hémérocales
aux calices de satin, j'ai la fougère de l'île
de Bourbon qui porte un nom que j'aime :
Neraudia Melastomefolia. Venez, je vous
ferai voir tous ces trésors.

— Prenez garde! après le bruit des concerts,
Madame, le silence pèse ; le spleen peut arriver comme un fruit de la solitude. Quand on
s'est acclimaté aux applaudissemens , leur
séduction est l'astre qui fait vivre. On a vu,
pour être descendues trop tôt de la scène,
de grandes actrices mortes vivantes.

— Tant que j'admirerai, Monsieur, ce calme
paysage ; qu'il me sera donné d'entendre sou-
dre l'herbe, et dans les airs l'hymne de l'a-
louette qui monte avec le soleil ; que je serai
sensible à la reconnaissance de la métayère
à qui j'envoie un chéret, aux évolutions des
nuages qui voyagent, au sourire de mes enfans , à la mobilité d'un front passionné où

j'appelle à ma volonté la tristesse ou le sourire, je ne serai guère en peine de l'emploi
de cette vie.

— Paris demande un nouvel ouvrage.

— Nous avons nos chenevières à ense-
mencer.

— Vous avez promis des articles à la Revue
des Deux Mondes.

— Après la tonte des brebis.

— L'éditeur est impatient.

— Il attendra jusqu'à ce que j'aie achevé de
broder cette colerette pour Berthe, une toute
petite fille de Charles et d'Eugénie, et que la
foire de la Berthenoux soit passée. C'est l'époque où mes amis seront ici ensemble et m'aide-
ront à chasser dans la plaine. Votre intérêt, vos
enthousiasmes, Monsieur, en faveur des arts,
pourraient m'imposer de plus austères devoirs
si les arts étaient au premier rang des intérêts
contemporains ; mais vous savez comme moi
qu'on les dédaigne. Il n'y a plus qu'un seul
amour avoué en France : l'amour de l'or.

Arnold releva la tête.

— Oh! vous n'avez pas celui-là, vous, Monsieur : vous cacheriez plutôt.. par exception, une autre ardeur, une fièvre d'une plus généreuse espèce : car pendant que nous oublions le temps en causeries frivoles, dites-moi, vous qui interrogez les autres, n'avez-vous pas un secret qui me serait connu? un secret de cœur? et arrivé ici avant vous-même?

— J'ai tué mon ennemi, dit le peintre en montrant sa poitrine.

— On le croit mort, Monsieur; et quelque-fois en posant dessus une main tremblante on est réduit à dire comme Galilée de ce pauvre globe : È PUR SI MUOVE! Que pensez-vous par exemple, ajouta-t-elle en se rapprochant un peu, que pensez-vous de la puissance que Dieu enferme dans un fragile symbole : ÈVE?

Ce nom fatal fit tressaillir Arnold. Il se souvint de la connaissance de l'avenir attribuée jadis aux poètes qu'on nommait VATES, et fut tenté d'accorder à son gracieux hôte une surnaturelle divination. Mais la châtelaine, tirant la lettre dont elle s'était munie au sortir

du salon, dit en montrant la suscription au
peintre :

— Vous connaissez cette écriture?

— Oui, Madame, avoua Arnold.

— Pourquoi rougir?

— Que signifie ce billet?

— Qu'il en contenait un autre. L'autre est
à votre adresse : le voilà. Car c'est à vous,
n'est-ce pas, qu'on eût craint de s'adresser
directement? Lisez ces mots : « Un enfant,
« Madame, aussi beau que les vôtres, aura-t-
« il le pouvoir d'intéresser votre protection?
« Serez-vous, entre deux voyageurs et une
« mère, l'intermédiaire de la Providence? »
Cet enfant, c'est Léo, Monsieur ; vous savez
par qui ont été tracées ces paroles et quels
sont les trois êtres qu'elles concernent. C'est
enfant, c'est Léo ; je l'ai reconnu à sa grâce.
On me confie ici un beau rôle; on colore l'emploi qu'on me fait jouer : je ne m'en plains
pas. On a deviné que vous passeriez me voir,
et dans l'accomplissement de ce fait, il y a
déjà de quoi satisfaire un amour-propre d'au-

teur. Le moyen épistolaire n'est pas bien
neuf; l'événement, tel qu'il vient de se dé-
nouer, n'était pas vraisemblable; mais il faut
être indulgent, n'est-ce pas? J'ai bâti des fa-
bles qui n'étaient pas mieux tissues; et à quels
maux compatirait-on, si ce n'est à ceux qu'on
a soufferts? Me voilà donc, Monsieur, devenue malgré moi personnage, utilité dans une
intrigue, victime à situation,. comme nous
disons en style de romancier : à la bonne
heure ! Ce sera quelque héroïne qui se venge.
Elle m'aura, cette jeune femme, fourni à son
insu, le modèle de quelque Métella, Lavinia,
Lélia. Elle a peut-être posé pour moi, je veux
bien poser pour elle. J'aime mieux être sujet
qu'auteur, comparse de l'Odyssée que son
Homère. Le trépied est un fatiguant siége.
Et tenez, quittons celui-ci si vous voulez; et
même ce parc où tombe la rosée; mais pro-
mettez, je vous prie, un succès complet à mon
début dans les rôles de la Providence.

Arnold parut se résigner et accepter la
missive toute cachetée qui lui était ainsi

offerte. La société qu'il fallut rejoindre ne se
sépàra que fort avant dans la nuit; mais le
lendemain, pendant que tous les joyeux hôtes
dormaient encore, le couple de nos voyageurs
avait repris la route poudreuse qui monte vers
Orléans. Ils la suivaient à pas inégaux.

Au lever de la châtelaine, il lui fut porté
un rouleau de papier à dessiner, arraché d'un
portefeuille et arrêté par un brin de jonc en
guise de laine à la manière des manuscrits ro-
mains. Elle se hâta de l'ouvrir, écarta la feuille
de soie qui recouvrait un dessin : c'était ses
deux enfans fidèlement représentés, occupés
sans rivalité à élever le même château de
cartes. Le reconnaissant sourire de la mère
eût, si l'artiste l'avait pu voir, payé splendidement cette improvisation délicate. Puis,
pour faire attacher avec deux épingles ce
croquis à la tapisserie, on fit tomber, en
la dépliant tout à fait, la légère garde qui
ne semblait posée là que pour protéger le
crayon; et la châtelaine étonnée reconnut à
ses pieds un billet de banque. Elle le fit

ramasser par la servante qui le timbrait déjà insoucieusement des clous de son soulier, et sur une note au fusin qui y était attaché, Indiana parvint à lire :

« Vous êtes suppliée, Madame, de vouloir bien renvoyer ceci à la douairière baronne d'Alviane, rue de Bourbon, nº 17, qui le res-tituera à des mains connues. »

XIII

A Tours.

Ceux qui possèdent ne pourront jamais rien sur ceux
qui s'abstiennent

A D

Arnold, sans s'arrêter dans les vieux remparts où rien de généreux ne s'est accompli
depuis Jeanne d'Arc, descendit la Loire sur
un de ces bateaux vendéens à qui la vapeur
donne la vélocité d'une flèche. Il s'étonna
bien un peu de voir onduler à l'arrière une
flamme tricolore, quand il eut appris que

l'armateur portait le nom de Larochejaque-
lein. Mais ce voyage au soleil d'avril, assis
sous une tente légère, les yeux sur l'horizon
changeant des collines fleuries et des châteaux en ruines, glissant entre les bouillon-
nantes écumes du fleuve et le panache de
fumée qui couronne vos têtes, endormait
doucement l'amertume de ses souvenirs. Le
bateau de la Loire lui rappelait la Pirogue
Française, et il chercha l'image d'Ève dans
les traits de Léo. Léo jetait tantôt aux vagues
les frégates de papier que lui faisaient les
matelots basanés et tantôt il courait à l'avant
du petit navire, dès que la cloche du bord
signalait le débarquement de quelques passagers; car LE VAPEUR, ainsi que disent les
riverains naïfs, annonce chacune des actions
de sa vie errante comme faisaient jadis les
moutiers immobiles sur le flanc des rochers
prochains. Tout passait devant les yeux
d'Arnold avec la légèreté des fantômes : c'é-
taient les clochers bleus, les grands peupliers
qui se balancent, et ces flottilles marchandes

qui remontent de Nantes avec leurs voiles
latines. Le peintre visita Amboise et Chambord en un jour. Dans le premier de ces
palais, on attendait un roi ; dans l'autre on
replantait le parc et on sablait les allées pour
le prochain retour d'un enfant proscrit.
Ainsi, à quelques lieues à peine de distance
les représentans de deux dynasties étrangères
à la France étaient attendus par leurs domestiques. Chambord, que le voyageur put
explorer complètement grâce à l'accueil hospitalier du Comte de Calonne, son conservateur légitimiste, lui parut une bizarrerie
imposante. Ce faisceau de clochers à jour,
cette touffe gigantesque de pointes aiguës,
toute une architecture de dentelles, offre un
aspect si inattendu, qu'il arracha à l'artiste
un cri d'admiration. Il prit cette réalité pour
une fantaisie mauresque transportée dans les
Gaules, un poëme de marbre, un rêve pé-
trifié des Mille et une Nuits. Le sol où Chambord se dresse tout à coup lui parut ajouter
aussi, par sa monotone désolation, à la ma-

jesté de ce Louvre dans le désert. Il n'y a de
comparable à cet aspect, pensa-t-il, que la
subite apparition de Venise, sortant de l'A-
driatique. Ces sables blancs où fleurissent
quelques genêts de la Sologne ne ressem-
blent pas mal aux flots moutonneux des
lagunes. Mais quand il eut admiré cette in-
croyable imagination du Primatice, il déplora
le choix que la royauté ne manque jamais
de faire des climats et des sites où elle veut
fonder ses monumens. Quel contraste entre
l'esprit des moines et le goût des cours! Tout
est stérile et plat devant ces splendides murailles de François Ier. Un ruisseau engourdi
dans ses vases se traîne devant la façade
ornée de Salamandres, et le parc n'enferme
pas un riche accident de terrain ni un arpent
de végétation généreuse dans les sept lieues de
son étendue. Le choix des princes ne s'arrête
jamais que sur les lieux déshérités : voyez
Chambord, voyez Versailles, voyez Choisy!
La nature est là aussi ingrate et aride que
l'ame des Majestés.

Puis, descendu à Tours, une ville qui a usurpé la double réputation de la bonhomie des gens et de la salubrité des lieux ; à Tours, situé entre trois fleuves, ville empestée de fièvres et d'Anglais, ville de trente mille ames goulues, qui possède deux libraires oisifs et trois cents pâtissiers toujours à l'œuvre, Arnold se mit à chercher un ami, une des gloires de la France, la plus nationale de nos lyres, retirée là bien loin du commerce des beaux esprits. Les Tourangeaux n'obsèdent point de leur admiration le talent qui n'a ni état de maison ni table ouverte. En province, on est courtisan du préfet, et on laisse à leur recueillement les hommes de génie. Notre ermite, pensa Arnold, peut se dire souvent ici, comme le philosophe Morin : Ceux qui viennent me voir me font honneur ; ceux qui ne viennent pas me font plaisir.

L'artiste, à travers un dédale de rues mal pavées, mais dont la plupart s'ornent de noms indigènement illustres : Grégoire de Tours, Rabelais, Claude Vignon, Rapin

Thoyras, Jean de Meug, Néricault Destouches
et Paul-Louis Courrier, arriva à la plus courte
et à la plus modeste : celle qui portera un
jour le nom de Béranger. En attendant, elle
se nomme CHANOINEAU. C'est une ruelle
agreste dont un mur de jardin borde tout un
des côtés, et qui, du marché, aboutit à l'un
de ces mails abandonnés servant de ceinture
à la ville dans la direction des rivières de
l'Indre et du Cher. Le petit logis que cherchait l'artiste, placé entre une fabrique
écartée et la maison d'un sous-intendant
militaire, adornée tout le jour d'un planton, ne
s'annonçait sur la voie par aucun pilastre en
saillie. L'architecte des pays vineux évite le
plus qu'il peut l'angle rentrant des embra-
sures. La porte où s'arrêta Arnold faisait,
comme un battant d'armoire, soigneusement
corps avec la muraille. Il sonna ; et une jeune
villageoise répondit par une accorte révé-
rence au nom de son maître, invoqué par le
voyageur. Tel poète, telle chambrière. Arnold
fut tenté de reconnaître celle-là pour Bahet

« petite bonne agaçante et jolie. » Puis sans avoir traversé ni cours ni pérystile, voici l'artiste entré de plain-pied dans une salle à manger, digne de Socrate. Là un panneau recouvert du papier de tenture s'ouvrit pour laisser voir un escalier modeste qui montait au premier et seul étage de la maison. Le voyageur était devant le foyer du poète. Il allait s'avancer vers la table où il s'est écrit tant de nobles pages, mais le philosophe occupé poursuivait sa tâche. Arnold, devant cette quiétude, se rappela la remarque d'un rêveur allemand : Les hommes qui agitent le plus la vie des autres ont eux-mêmes une existence uniforme et égale. Témoin Rousseau, témoin Kant. C'est la tranquille pendule décidant de tout, marquant l'heure de toutes les passions depuis le berceau jusqu'à la tombe. A voir les rares cheveux blancs, il songea ensuite à une autre comparaison du même sol : Le poète qui vieillit ne ressemble-t-il pas au cep de vigne que nous voyons dans l'hiver sur les coteaux effeuillés? Tous deux

sont chargés de neige, pendant que la douce
liqueur sortie de leurs veines va réchauffer
au loin les cœurs qu'ils ont enivrés.

Mais le laborieux chanteur se retourna, les
yeux pleins de vie et d'affection, en reconnaissant celui qui regardait si complaisamment sa cénobitique retraite.

— Enfant, dit-il, c'est là tout mon gîte.
Vous ne retourneriez pas à votre hôtel de la
Loire, si j'avais une chambre d'ami.

— Arnold, tout en gardant long-temps la
main, fraternellement présentée, entre les
deux siennes et avec une profonde et enthou-
siaste cordialité, continuait à promener son
regard sur les parois de la chartreuse. Les
rayons du midi l'éclairaient franchement.
Un lit étroit se cachait sous les rideaux d'une
percaline verte, suspendus par une flèche
sans dorure. Point de divan, point de tapis.
Une commode dans le goût de l'empire et
un secrétaire sans étalage de papiers se re-
gardaient comme d'anciens amis. Une bergère
affaissée attestait l'assiduité du maitre, épicu-

rien qui tient pour bonne maxime : prendre peu de place et en changer peu. Deux portraits d'inégales grandeurs paraient cette solitude : l'un, lithographie à la portée de la bourse du peuple, retraçait la candide figure du plus intègre de nos gardes des sceaux : Dupont de l'Eure ; et l'autre était une belle et précieuse peinture. C'était un legs de l'amitié, c'était un souvenir d'outre-tombe, c'était Manuel ! Le voilà ce front que les émigrés, rentrés à la chambre de 1820, ont honoré du bill de leur indignité. Cette bouche sévère vient de prononcer que la France a reçu les Bourbons avec répugnance : et l'orateur qui se croyait simplement l'oracle du passé était en même temps le prophète de l'avenir.

— Je paie toute cette habitation trois cents livres, dit le commensal de Laffitte, intime conseiller en juillet de ses amis devenus ministres : celui qui a distribué tant d'emplois, de cordons et d'ambassades, sans avoir jamais occupé d'autre place que celle d'expéditionnaire. J'avais d'abord ici une autre VILLA, asile

connu, enseigne de roman ; mais ma liste civile
a subi la progression inverse des impôts publics
et je me suis rétréci comme nos frontières.

— Cinquante amis, dit Arnold, me de-
manderont à mon retour une fleur de votre
jardin.

— Mais je n'ai plus de jardin, mon cher ;
il ne me reste qu'un jardinier : soldat polonais
sans ressource, sur qui j'espère bien toutefois, un jour ou l'autre, faire tomber un
subside du juste milieu. Les Excellences qui
passent mettent quelque empressement à
répondre aux placets du républicain. Il n'y a
rien de poli comme ces puissans d'une heure ;
on dirait qu'ils se hâtent de semer quelques
miettes de pain sur leur route dans l'espoir
menteur de la retrouver un jour.

— Et vous avez raison, maitre, d'user
comme vous le faites d'un si singulier crédit.
Votre vie est arrangée comme une belle ode :
votre pauvreté est une puissance comme elle
est un exemple. Il y a toujours dignité à demander pour ceux qui souffrent quand on a

souffert soi-même, sans avoir jamais rien accepté. Prélevez sur le Château une dîme de bienfaisance; faites faire quelques réparations utiles aux locataires de la maison du peuple. Autant de pris sur l'ennemi!

— La royauté, dit le sage, est son ennemie à elle-même bien plus qu'elle n'est la nôtre. Pauvres princes! au lieu de les plaindre, on les appelle fourbes et cœurs faux. Trouvez-moi des hommes qui, parvenus où ils sont, ne soient pas remplis de plus d'aveuglement et de mauvaise foi. Il est impossible d'occuper plus innocemment une telle place. Ne voyez-vous pas, mon fils, que ceux-là sont encore les meilleurs des rois?

— Je n'insulte jamais aux mânes, reprit le peintre. Le secret de la royauté est connu : c'est le sacrifice de tous à l'égoïsme d'un seul. Quand le sphinx est deviné, le sphinx meurt. Mais telle institution qui est morte n'est pas enterrée encore, et de là quelques émana-tions dangereuses. Je voudrais voir inhumer respectueusement le cadavre. Cela se peut

tant que le caduc système n'a contre lui
que ses loyaux ennemis; mais si une fois la
bourgeoisie se met à comprendre que là ne
réside plus le prestige qui protége ses intérêts de boutique, la royauté sera chassée à
coups de bonnet de coton : et j'en serais
humilié.

— Au fait, confirma l'interlocuteur, le
gouvernement n'a contre lui que deux sortes
d'adversaires : les hommes de sens et les
hommes de cœur.

— Pas davantage, dit le peintre.

— Mais trêve à la politique. Nous savons
ce qu'il faut savoir; ceux-là seuls l'ignorent
qui ont intérêt à ne jamais l'apprendre. Lais-
sons les princes et parlons un peu de ce qui est
durable : les arts. Que se passe-t-il à Paris?

— Les mœurs littéraires sont tournées à
l'argent. C'est l'idée fixe de notre époque ;
c'est le chien contagieux dont est mordu ce
siècle-épicier. Peu se préoccupent du mérite
de l'œuvre avant d'en avoir calculé les profits.
L'écrivain détaille au feuilleton et tire de la

presse périodique une mouture avant d'extir-
per l'autre de l'in-octavo. Croiriez-vous qu'il va
se former une congrégation d'assureurs contre la propagation des idées ? Nos hommes de
style, comme les principicules d'outre-Rhin,
se confédèrent : non au profit des idées à répán-
dre, mais des bénéfices à concentrer. Ils·se
sont garanti l'intégralité de leur territoire et
l'inviolabilité de leurs frontières qui sont très
prochaines. On établit en faveur des·phrases
un système de prohibition. On se proclame
ruiné, si on vous emprunte un demi-article.
C'est la sainte alliance des paragraphes; ce
que craignent surtout certains eunuques c'est
d'être reproduit ! N'allez pas réimprimer un
mot sans payer : on tient aux centimes beaucoup plus qu'à la popularité, fût-elle euro-
péenne. La littérature a sa fiscalité. Le nom
des romanciers se trouvera désormais dans
l'Almanach du commerce. Ah ! si tout ce qu'on
a multiplié de vos refrains, à vous, avait ac-
quitté une obole de droit, quel Rotschild vous
seriez ! Mais les contrefacteurs, utiles à l'a-

grandissement des facultés internationales,
ces missionnaires qui bravent toutes les polices
pour porter quelques uns de vos sentimens
jusqu'en Italie et en Autriche, le nouveau congrès qui a ses procureurs, les actionne et les
traque devant tous les prétoires. La philosophie n'a plus droit de passage et de libre pratique. La pensée, comme le soleil, ne luira plus
pour tout le monde; enfin, si l'étudiant des
universités prussiennes sympathise quelquefois en secret avec nous, ce n'est pas la faute
des douaniers plumitifs et de leurs cordons
sanitaires. On se demande comment ces messieurs se résignent à promener leurs personnes
gratis sur nos boulevarts, sans avoir tarifé les
regards du passant. Rien ne se donne dans
la plus désintéressée des carrières. Que sont
devenus les arts libéraux? Où vont les exem-
plaires d'amis, prélevés jadis sur les éditions
de romans? Où sont les billets d'auteurs au
théâtre? Naguère les prémices d'un succès
étaient dans la joie d'ouvrir le parterre à ses
camarades, d'envoyer à je ne sais qui une

loge mystérieuse : maintenant le vaudeville est homme d'affaires. Adieu le clerc d'avoué, adieu le sous-lieutenant en semestre qui sortaient de chez l'auteur qu'on jouera tantôt, emportant deux orchestres, après boire. La grisette ne monte plus avant le jour à la mansarde pour s'assurer le soir une place au paradis. Le visiteur unique, l'unique soutien des muses est une redingote boueuse et un chapeau défoncé : c'est le claqueur émérite, providence qui paie les billets donnés, solde toutes les entrées de faveur, et promet pour appoint le suffrage de ses appariteurs. C'est laid, c'est triste.

— Et les arts du dessin, dit le patriote, vivent-ils toujours de la commande et des deniers ministériels ?

— David seul, le libre sculpteur, ose tenir le ciseau d'une main généreuse. Il a placé Rousseau et Lafayette au Panthéon. Pour la presse quotidienne, elle s'atrophie dans le réseau des lois de septembre et devient presque aussi ennuyeuse que la tribune. Le

Charivari et le Corsaire, nos vieux amis, ont
quitté pour un temps la mission de toucher
les esprits cultivés; ils tombent aux calem-
bourgs, aux rébus. Le crayon tue la plume ;
le Bon-homme éclipse leur bon sens jadis si
aiguisé. L'épigramme, naguère une puissance,
ne dépasse plus l'intelligence de l'agioteur et
l'atticisme de l'estaminet. Ecrivez donc a
quelques uns de ces jeunes rédacteurs pleins
de verve et d'esprit qu'ils fassent meilleur
usage du talent dont ils étincellent. Toutes
ces plumes en émulation d'être vulgaires font
supposer les idées de l'avenir professées exclusivement par des barbouilleurs, illettrés
et étrangers à tout savoir-vivre. C'est mentir
à la République. Pourquoi exclure les salons
du droit de rire? n'a-t-on plus d'esprit qu'à
l'usage des sots ?

— Monopole injuste autant que tout autre !
dit le chansonnier.

— Restaurez le bon goût, mon maître, en
nous dotant d'une publication nouvelle.

— J'ai fait peu de chose, mon cher ; il faut

du temps pour mettre dans un couplet du bon sens et de l'art. Viennet croit que ça s'improvise comme un poëme épique.

— Et les bonnes actions sont aussi rares à Paris que les bons livres.

— Il ne faut pas s'étonner de l'absence de certaines vertus ; à quoi serviraient-elles ? nul emploi n'est à leur usage. Les qualités ne poussent guère ainsi que les plantes que là où elles peuvent se développer. Quel courage peut naître où la bassesse est encouragée ? quel désintéressement où la corruption fleurit ? Un champ, dit Jean-Baptiste Say, ne produit pas de blé quand on y cultive les chardons. Si le pouvoir, la fortune, et même les applaudissemens du public manquent aux idées honnêtes, pourquoi germeraient-elles ? Aristide, chez nous, ne serait pas député, et Jean-Jacques électeur. Rejeté dans la canaille et bon à faire un dieu tout au plus, Jésus-Christ manquerait des conditions pour voter des centimes additionnels.

Le lendemain, Arnold renouvela sa visite rue Chanoineau, et il remit l'entretien sur les travaux du lyrique populaire.

— Vous avez, dit-on, trouvé un éditeur digne d'estime et qui vous porte un intérêt filial. Est-il vrai que ce que vous appellerez les chansons de votre vieillesse lui aient été promises à la condition de ne les publier qu'après vous?

L'auteur fit un signe affirmatif.

—Et vous auriez condamné vos admirateurs à ne vous lire que les larmes aux yeux? Ah! escomptez à mon profit un peu de cette gloire nouvelle. Le suffrage des vivans est quelque chose. Châteaubriand, qui ménage aussi ses Mémoires et ne veut les dater que du rocher de Saint-Malo, n'a pas confondu l'amitié avec l'indiscrétion du vulgaire. Il se laisse entrevoir aux contemporains, avant de s'effacer derrière le saule.

. Le sage opposa d'abord à ce vif désir une modestie sans feinte et même une disposition en ce moment peu expansive; car il faut pour entrer en confidence de ses vers un peu de l'inspiration qui fait qu'on les compose.

— Vous craignez que les succès ne vous fassent perdre du temps, dit Arnold.

— Je crois, mon futur grand peintre, qu'il ne faut pas trop montrer ce qu'on prépare, surtout lorsqu'on n'en est qu'à moitié content. Si un homme a un melon sur couche et que pour le faire voir il soulève la cloche, souvent, pendant ce temps-là le melon ne mûrit guère.

— Mais le plaisir qu'épanche le poète réagit sur le poète lui-même, mon maître. L'enthousiasme retrempé à sa source n'est-il pas aussi une muse ? C'est l'émulation qui perfectionne l'œuvre. Allons ! je partirai ce soir même, qu'un tel adieu me porte bonheur. Versez au pèlerin la chanson de l'étrier.

Le solitaire se laissa vaincre, non par cette vulgaire propension des rimeurs à se confier aux bénévoles oreilles et à se gargariser avec leurs hémistiches, mais il ne voulait pas désobliger un empressement si sincère. Le goût

du beau est si rare! et c'est un lien si attrac-
tif entre deux ames que la faculté de se pas-
sionner pour les mêmes choses! Il prit donc,
au fond du plus rapproché des petits tiroirs
ouvrant sur la tablette de son secrétaire, un
cahier qui ressemblait beaucoup plus à quelque mémoire de menuiserie qu'à un testament lyrique; et Arnold prêta si bien à la
poésie cette condition qui la complète, je
veux dire une attention éloquente et recueil-
lie, que le lecteur s'anima successivement à
tourner les feuillets. Et Arnold but avidement
une partie des chants nouveaux que vous serez
appelé en effet à admirer trop tard.

D'abord il entendit une satire énergique-
ment joyeuse contre l'amour du gain, lèpre
qui descendue de la cour a sali notre France
tout entière; et il lui sembla reconnaître le
fouet de Juvénal lui-même; sifflant contre
tous nos gens « titrés, lettrés, et mitrés. »

Puis, le second sujet fut une justice enton-
née contre cette métaphysique embarquée
sur le ballon creux de M. Cousin et de ses sec-

taires. Le poète assiste à un combat dans les nuages. « Que de mots jetés à la tête, de sophismes à bout portant ! » Il se croit emporté à une hauteur incommensurable , quand la nacelle vient à toucher un obstacle. C'est un pauvre toit de chaume à dix pieds du sol. Le chansonnier s'y réfugie ; et grâce à l'hospitalité des vendanges, il oublie là les stériles rhéteurs.

Puis vint un matelot breton qui se prend à raconter à des moissonneurs son voyage à Sainte-Hélène. Le grand exilé lui a donné un peu d'or pour sa mère. Modèle de concision et de pathétique, cette courte épopée en vingt-six couplets mouilla les yeux d'Arnold.

La Fontaine et Tacite avaient si bien réuni là leurs pinceaux que le peintre oublia , comme avait fait l'écrivain, combien ce fameux proscrit était peu digne de leurs larmes. Il n'a été qu'un tueur d'hommes : pas même; disait Arnold, un conquérant ; car il nous a perdu soixante lieues de frontières. Sa splendeur n'a été que l'abjection des autres rois.

Ce n'était qu'un roi lui-même, un dominateur digne des temps d'Alaric. Vous même avez, mon cher; répudié ses triomphes. Si vous aviez chanté Octave heureux, vous ne seriez qu'Horace. Quel mal n'a pas fait à l'humanité ce génie ? et l'humanité l'admire ; à la France ? et la France l'honore. Pourquoi? parce qu'il a été mêlé à un grand désastre ; parce qu'il avait vaincu l'Europe qui nous a humiliés, parce qu'on le retrouve abaissé avec la patrie et qu'il partage nos revers. Et on les lui pardonne, comme s'il n'en était pas la cause unique ! Ses attentats à la liberté se terminent par un atroce exil, et l'aveugle-ment populaire le trouve innocent. Quand on parle de justice à propos de cet égorgeur de neuf millions de Français, pour savoir si MM. Joseph et Jérôme chausseront la cou-ronne, on répond : Respect au malheur ! tandis que les saines idées d'une révolution juste, ses principes d'équité et de gran-deur, pour avoir été méconnues·un instant, tournées en abominations et en massacres,

on les abandonne. On devient indulgent pour
le mal et on se détache du bien. Le génie
grand mais l'ame petite, cet homme a manqué de dignité dans le malheur et dans sa
prospérité de bon sens. L'ambition qui veut
tout et ne garde rien est une passion imbécile.
Il dévorait le monde sans en jouir « comme
« un rustre ses alimens » dit l'historien La-
cretelle aîné. Il eût fallu pour l'honneur de
l'humanité gagner la bataille de Waterloo,
afin que l'assemblée des représentans appré-
ciât l'enthousiasme des soldats, la valeur des
paysans dans le gain de la victoire; « et qu'elle
devînt pour ce fameux empereur ce que la
Convention avait été pour Louis XVI. » Il n'ose
ajouter toutefois, l'historien farouche, en
quel lieu l'étouffeur de toute liberté au dix-
neuvième siècle devait finir. Rendons grâce
à la poésie du destin qui a accompli autrement la vengeance des peuples. Mais ce pays
a besoin de faire encore bien des conquêtes
dans le domaine de la philosophie! Un jour
on ouvrira les yeux, et quand le peuple

règnera à son tour, la statue descendra de la
colonne.

— Ah! vous ne pardonnez pas à l'illustre
capitaine, dit le poète, d'avoir autrefois dé-
conseillé à David de finir son tableau de
Léonidas : rancune de peintre! Vos Spartiates,
lui disait-il, ne sont que des vaincus.

— Et connaissait-il, lui, s'écria Arnold,
beaucoup de vainqueurs dont la gloire fût
comparable à cette défaite?

— Louis David eut la faiblesse de se décou-
rager devant ce blasphème du plus fort, mais
on doit se souvenir à sa gloire qu'il reprit la
palette après l'invasion de la France en 1815.

Alors, comme pour seconde réponse à
une sortie qu'il n'approuvait qu'à moitié,
l'Homère du roi d'Yvetot, le fin et discret
confident de la Politique de Lise, chanta une
exhortation au peuple qu'une Étoile et un
Aigle ont abandonné, et il s'exprima alors
comme pensait le peintre : « Peuple, n'espère
qu'en ta vertu. »

. Ensuite, au coin de l'âtre, un grillon fami-

lier vint causer avec le chansonnier. Tantôt
ce visiteur, sous sa forme hétéroclite et son
corcelet noir et vernissé, est pris pour le démon de la raillerie, chargé d'observer la philosophie de l'ermite; et tantôt c'est un auteur
mécontent, échappé de Paris pour énumérer
les disgrâces de son amour-propre. Le réfugié
en province implore la muse en faveur de
l'académicien. Exaucez ses vœux, dit-il : « De
la gloire à ce pauvre insecte! »

Enfin cette voix si chère aux sergens mu-
tilés, cette voix qui fera pâlir encore plus d'un
front stygmatisé de la couronne adoucit le
clairon de ses refrains et se demanda sur le
ton de l'idylle antique, comme eût fait la veille
de thermidor André Chénier, notre Théocrite:
Quel est, dans ce jardin enclos de si hautes
murailles, la riante jeune fille qui chante
harmonieusement? Tout renaît, tout fleurit
sous ses yeux. —. C'est la fille du fossoyeur.
— A qui ces colombes qui là-bas enlacent
leurs blanches ailes sous l'ombre des cyprès?
— A la fille du fossoyeur. Elle a nom Claire,

elle est modiste ; demain elle épouse un jeune
et beau ménétrier. Voyez comme autour d'elle
les roses sont toujours fraîches et les myrtes
plus verts ! — C'est la fille du fossoyeur.

— Encore ! encore ! s'écria Arnold. Mais
l'homme de goût avait refermé le cahier.

— Adieu, dit-il à l'artiste. Je vous fais perdre un trop long temps : des intérêts d'art et
peut-être de plus chers encore, vous appellent
ailleurs. La poésie écrite ne vaut pas la poésie
d'action : allez accomplir votre poëme.

Arnold soupira.

— Je quitterai bientôt l'Europe, dit-il.
Voulez-vous me faire donner passage à bord
du navire qui se construit à Brest pour porter
votre nom aux libres amériques ?

— Vous savez cela ?

— C'est un hommage qu'ont déjà popula-
risé Virgile et Voltaire.

— Ne quittez pas la France, ami. N'émi-
grous jamais nous autres.

— Mais nous reverrons-nous à Paris sous de

meilleurs auspices? Paris vous rappellera-t-il encore une fois sous un plus splendide soleil?

— Ce soleil luira, mais les yeux du barde seront fermés, je l'espère; car s'il en était autrement, les choses seraient prématurées et pourraient n'être pas durables. On n'a jamais, voyez-vous, mûri les raisins verts en les mettant sur le gril. Restez en France, pour planter un peuplier sur ma tombe.

— Ce sera justice, dit le peintre; vous avez bien mérité de cet arbre. « Nos arrière-neveux vous devront son ombrage. »

— Et, ajouta le nouveau La Fontaine, souvenez-vous qu'il ne faut point d'évènemens violens pour déblayer le sol politique. L'avenir ne sera une conquête que pour l'intelligence.

— Vous parliez tout à l'heure de raisins verts, dit Arnold : à présent, tournez un peu votre fauteuil et qu'on voie quelle dimension a la queue du sage renard. Vous parlez bien en homme qui estime son fauteuil comme la première des places du monde!

— Vous mériteriez, dit le Sans-souci qui intitula son premier recueil : Chansons Morales et autres, vous mériteriez que je me rappelasse une espèce d'apologue, consultation chirurgicale applicable tout-à-fait à la philosophie politique que je professe ici. J'ai connu un praticien célèbre, le père Dubois, dont l'opinion avouait que le temps était le meilleur des guérisseurs possibles.

— Était-il donc, celui-là, pour la médecine expectante?

— Précisément. Et j'ai, dans une occasion sérieuse, pu juger de tout son bon sens. Un séminariste de ma province... Mais je ne sais pas si je dois vous dire cette histoire ; elle est un peu graveleuse et hasardée.

— Est-elle philosophique?

— Je l'atteste.

— Eh bien ! allez. Nous sommes entre hommes, que diable !

— Un séminariste de ma province était malade. Il avait déployé tant d'assiduité dévote près de quelques pénitentes, il s'était hasardé à tant de confiance dans leur probité que sa santé était compromise. Il était blessé au doigt assez grièvement. — Monsieur, dit-il en rougissant un peu à l'Esculape : je viens à vous parce que mon médecin ordinaire m'effraie. — Voyons les choses, dit le professeur. Le petit saint hésita d'abord ; puis en se résignant, il ajouta : — Oui, Monsieur, on m'effarouche ; on va jusqu'à parler d'un sacrifice. Dubois examina avec le sang-froid de sa profession, et dit : — Mais votre médecin est un âne : pourquoi couper ? — Ah ! sainte Vierge ! je respire, fit le jeune homme. — Ça tombera pardieu bien tout seul, ajouta le médecin.

Ainsi les deux amis s'oubliaient à causer, la main dans la main ; car on ne devise jamais mieux qu'au moment du départ. C'est quand tout invite à le finir que l'entretien se renoue sur le seuil et se prolonge avec le plus de cordialité. Ces sortes d'épanchemens sont à la visite ce qu'est un post-scriptum à la lettre la plus affectueuse. C'est là que se retran-

chent et se réchauffent les confidentielles
pensées. Arnold ne pouvait quitter des yeux
ce front large et chauve dont la gravité est
tempérée par un sourire indulgemment railleur. A côté de l'orgueil qu'il y lisait, sentiment qui l'a si bien inspiré pour consoler la
patrie de ses revers, il y admirait cette résignation sereine qui a rendu à la pauvreté
toute sa poésie, au grenier ses enchantemens,
et retrouvé l'espoir auprès de cette divinité
blanche et libératrice à qui notre effroi a
donné un nom redoutable. Ils oubliaient là
qu'ils devaient échanger des adieux et habil-
leraient encore sur l'huis entr'ouvert, si en
passant le facteur de la poste n'eût remis au
maître lui-même ses lettres et ses journaux.
Arnold s'étonna à en voir le grand nombre.

—C'est encore une infirmité de la province, dit l'ermite. A Paris, la vie vous arrive par tous les pores et les nouvelles sont
dans l'air ; si bien que quand quelqu'un
ignore ce qui se passe, on lui dit : Vous êtes
donc de la police? Mais ici nous ne percevons

l'existence que par des lettres de plomb et de l'encre. Un morceau de papier s'appelle le Siècle. Je lis beaucoup de gazettes : depuis le grand Moniteur jusqu'au Petit-Courrier des Dames, et c'est là que j'entrevois que vous avez encore des rois et des habits qui ne vont guère à votre taille.

Arnold ne pouvait, presque involontairement, détacher ses regards des adresses de lettres que le solitaire avant de les ouvrir faisait passer dans ses mains, l'une devant l'autre. Il les tenait à peu près comme les cartes d'un jeu de wisk, reconnaissant d'un sourire ou d'un léger froncement de sourcil les personnes et les sentimens qui étaient enfermés sous ces plis. Le peintre s'attendait presque à voir une fois son nom surgir entre toutes ces suscriptions tracées avec de lourds caractères ou de fines écritures. Parce qu'il avait une fois, en visite chez un autre poète, rencontré des témoignages de souvenance de la part de certains absens, des marques de sollicitude devant lesquelles même il avait

été ingrat, il supposait qu'on insisterait encore, et il lui venait l'idée invraisemblable
qu'on devinerait aussi son passage à Tours.
Cette attente fut trompée. Le hasard ne se
répète pas comme les moyens bornés et
l'imagination inféconde de nous autres affabu-
lateurs. Aucune missive ne le concernait; et
il se résigna à regagner son auberge où son
fils sommeillait encore, dès qu'il aurait
pressé une dernière fois la main du grand
poète.

— Adieu de nouveau, répéta le philosophe
pratique. Je ne plains pas trop votre condition,
toute errante qu'elle soit. Le talent paie magnifiquement les sacrifices qu'il impose. Vous
avez choisi entre l'estime et l'argent, et je
vous laisse partir avec un ami bien sûr :
votre conscience. Allez, allez, la religion des
arts a ses prestolets qui courent après les bénéfices et puis quelques anachorètes, quelques
saints Jérômes à qui suffit le désert libre
et le ciel sur leurs têtes. Vous êtes de ceux-
là, et vous mériterez la gloire. Laissez la

France apprécier ses tuteurs d'un jour, mon ami. Ils sont mauvais et fripons? c'est leur métier : métier de laquais qui se paient eux-mêmes. Et puis, ce pays-ci ne mérite-t-il pas un peu d'être encore gouverné comme il raisonne? Franklin déclare qu'il n'y a au monde que deux choses certaines : les impôts et la tombe. Il y a aussi le triomphe de la vérité, si tardif qu'il puisse être. Bon voyage! Un des sentiers « les mieux gazonnés et doux fleurans, » comme dit Montaigne, est encore celui des arts pour arriver à la fin du pélerinage. Attendons patiemment la mort : c'est la morale de cette fable qu'à votre âge on appelle la vie.

L'Abbaye.

S'amor no è, che dunque sento?

PÉTRARQUE

A peine était-il rentré à son hôtel de la Loire, que le peintre reçut un billet qui venait de lui être apporté. Il était signé du même nom d'homme d'affaire : M. Guillet ou Guillard, et de plus on lui envoyait deux chevaux et un guide. Arnold se décida à partir sur-le-champ. La monture du paysan conducteur

était enharnachée de façon à présenter une
place commode, établie doucement sur un
manteau à l'usage de quelque écuyer qui
se tiendrait en croupe. On y hissa Léo, en-
chanté d'un moyen si hardi de franchir les
mauvais chemins de traverse, et dès le lendemain au coucher du soleil, Arnold découvrait le moutier gothique où l'attendait une
vie nouvelle.

Nous désignons sous le nom de moutier
le lieu où l'on appelait le talent d'Arnold à
exécuter de riches peintures. C'était en effet
pour une retraite monastique que les grands
bâtimens qu'on découvrait déjà à l'horizon
avaient été construits vers 1560. Cette région
de la France, dont Blois est pour ainsi dire
la capitale, abonde en monumens de cette
sorte. A l'un d'eux s'attache une épithète
sinistre pour rappeler les orages du littoral
prochain, et le nom d'un autre atteste la
splendeur des marbres dont il fut décoré.
On dit Noirmoutier, Marmoutier. L'immense
propriété vers laquelle s'acheminaient nos

voyageurs, avait été originairement une abbaye. Les portions de ce grand fief, dissémi-
nées long-temps en plusieurs mains par les
ventes qui avaient depuis 1793 morcelé tous
les domaines nationaux, venaient d'être réu-
nies par un seul acquéreur, et le projet de
restaurer sur un plan nouveau toute cette
habitation seigneuriale s'exécutait déjà depuis
plusieurs mois.

Il vint à Arnold l'idée d'interroger son
guide sur le caractère du maître de tant de
fermes et de closeries; mais le paysan, pris
par hasard pour un jour à la charrue afin
d'accomplir ce voyage à la ville, ne put satisfaire la curiosité d'ailleurs assez peu obstinée
de l'artiste. L'artiste ne s'intéressait dans tout
cela qu'à l'espoir de donner enfin l'essor à
son talent si long-temps oisif. Il nageait par
avance dans l'océan de ses idées pittores-
ques. On ne connaissait là du nouveau propriétaire que son intendant. Le maître était
aux îles, disait-on, et dans l'absence de tous
deux, les affaires courantes du château étaient

menées par le concierge, un ancien militaire aveugle.

Ce peu de renseignemens parut plein d'incohérences à l'artiste ; mais elles n'étaient pas le fait du narrateur. Le naïf bouvier n'en savait pas davantage ; peut-être l'absence d'une intelligence bien vive l'avait-elle fait choisir pour l'emploi qu'il remplissait en ce moment. L'attention d'Arnold fut donc épuisée par le mauvais succès de ses premières questions, puis elle se concentra bien vite sur la masse

brun vers le sud, à la faveur des teintes de pourpre et d'orangé que semait derrière lui le soleil.

En ce moment deux cavaliers rouges et bleus descendaient la montagne : ils semblaient interroger l'horizon.

—Je ne sais pas, dit le paysan, pourquoi les gendarmes rôdent si fort depuis un bout de temps dans nos campagnes. Il paraît que la correspondance ne languit pas entre les brigades ; ils sont tous les jours sur la route depuis Amboise jusqu'ici. Il y a peut-être du grabuge encore du côté de Paris.

Pendant ce temps, ce qui frappait la disposition romantique de l'observateur, c'était d'immenses jardins délabrés, plantés de treilles et de poiriers séculaires taillés en éventails, et des terrasses mal soutenues par des pierres disjointes : elles descendaient à demi éboulées jusqu'au fleuve.

Quand les voyageurs pénétrèrent dans l'énorme salle basse qui brillait d'un grand feu de souches, et où déjà était disposé leur appétissant souper, Arnold, au premier bonsoir qu'il augura à ses hôtes nouveaux, entendit répondre :

— M. Ferrier! C'est bien le même que je connais. Sa voix n'a point changée. Je n'espérais pas si bien de ce nom qui pouvait appartenir à un autre dessineur.

— Avenel? s'écria à son tour Arnold. Et comment, mon pauvre invalide, te trouves-tu là si loin de Longpont?

— Asseyez-vous d'abord, et qu'on vous

serve. Vous ne savez donc pas, poursuivit ensuite le sergent, que c'est ici mon pays natal? que j'y suis venu avec ma nièce qui m'était allée, chercher là-bas quand vous y étiez encore, la brave enfant? que j'habitais depuis six mois le village d'à côté où nous avons une bicoque, une vigne, un pâturage, quand cette grande terre a été adjugée à un millionnaire de Paris? L'intendant qui est venu ici passer quinze jours voulait un homme de confiance à qui laisser les clefs et l'emploi de recevoir les fermages. Je ne sais pas comment il m'a découvert et choisi, et nous a décidés à venir loger dans ces grands communs. On lui a dit que j'étais honnête homme, et il a cru apparemment qu'on pouvait marcher droit dans certains sentiers sans les yeux de la tête. Dans les comptes d'un aveugle ne suffit-il pas que le maître voie clair? Me voilà donc au dessus de la misère : et vous, M. Ferrier?

— Moi j'ai vécu tantôt, dit le peintre, de l'effigie des bourgeois, tantôt du prix de quelques tableaux d'église, et j'ai traversé la France, défrayé par mes pinceaux.

— Eh! merci, merci, interrompit en ce moment Léo, se débattant doucement contre les attentions d'une personne qui, debout derrière lui pendant qu'il soufflait sa soupe, voulait lui attacher au cou une serviette et lui couper son pain par petits morceaux.

Arnold leva les yeux sur l'officieuse personne et demeura frappé de la beauté naïve d'une jeune paysanne de seize ans.

— Ce petit garçon-là est donc à vous? dit Avenel.

— Et cette jeune fille? demanda le peintre.

— Ma nièce. C'est Hélène : c'était l'espoir de ma pauvre sœur. Ah! je vous conterai bien des choses!

— Mais je ne veux pas, continua Léo.

— Monsieur, vous êtes fort dégoûté et bien ingrat, dit le jeune père : remerciez plutôt de la bonté et de la grâce qu'on met à vous aider. Qu'est-ce que je vois donc? on vous a mis sur la tête une toque de velours à la façon du

portrait de Raphael ; vos brodequins mouillés
se trouvent remplacés par des pantoufles ver-
tes, et je ne vous ai pas entendu vous plaindre.
Avez-vous remercié seulement ? Mille grâces,
Mademoiselle : et appelez-le Vicomte, si par
hasard il est méchant.

L'enfant avança la lèvre inférieure, arrêta
des yeux plus ronds sur son assiette à fleurs
roses, et discontinua de porter la cuillère à
sa bouche.

— Non, il se nomme Léo, Mademoiselle,
ajouta alors Arnold qui voulait laisser l'ap-
pétit à son très jeune commensal.

Hélène se baissa soudain près de la tête de
l'enfant pour lui répéter son doux nom et
l'engager à ne rien laisser refroidir. Léo lui
posa sur la joue un petit baiser rapide et bou-
deur, et Hélène se releva pour essuyer en
riant cette joue un peu humide.

Mais avant que d'être conduit pour reposer à l'appartement destiné au peintre, lequel
portait déjà cette désignation, solitude un peu
séparée des autres bâtimens, Arnold voulut

donner un coup d'œil à la galerie qu'il était chargé d'embellir. Il brûlait de reconnaitre l'emplacement où il établissait déjà l'espoir de sa réputation prochaine. La nuit était close, il fallut le précéder là avec un fallot; mais aurait-il dormi s'il n'eût pris une première idée des dimensions et une sommaire connaissance de tout cet ensemble? Il mesura de l'œil les panneaux, la hauteur des frises, des plafonds, et s'orienta pour juger quelles lumières lui donneraient de trop nombreuses croisées. Il sourit à la dimension des pages murales que déroulait déjà devant lui le vaste édifice. Ce lieu avait été une portion de l'ancien cloître. Arnold était si occupé du plan évalué de ses ressources et des enthousiasmes de son propre avenir que nul objet présent n'avait pu le distraire. Retiré ensuite dans son quartier désert, son enfant près de lui dans un petit réduit attenant à sa chambre, il n'avait aperçu ni l'élégance de l'ameublement qui l'entourait ni le bon goût de mille détails assez faits pour le surprendre au fond d'un

couvent abandonné. Autour de lui l'atmosphère était tiède et parfumée, des tapis couvraient les planchers sans intervalle, le marcher était doux et égal sous ses pas, les
rideaux descendaient amples et drapés, des
bourrelets frileux enveloppaient chaque porte
roulant sans bruit sur ses gonds faciles. Il ne
rendit justice ni aux glaces partout claires,
ni aux vitres uniformément transparentes. Il
fut ingrat à tout ce bien être, détails minu-
tieusement essentiels, indicibles riens qui
constituent l'intelligence de la vie, donnent
la paix des idées, et exhalent la senteur de
cette distinction d'habitudes, aristocratie in-
détrônée qui appartient encore à un seul
monde tout spécial.

Le jour n'avait pas reparu qu'Arnold était
déjà debout. Il avait été reconnaître le parc
entier, étudier de nouveau l'orientation du
corps de logis qui renfermerait ses chefs-
d'œuvre, et réveiller Avenel afin d'obtenir
les brosses, les échelles, les instructions
écrites, les provisions de couleur et tout

ce qu'on lui avait annoncé être arrivé pour lui de Paris depuis un mois. Au milieu de son impatience il reconnut cependant, traversant une cour toute verte de grandes herbes encore argentées de rosée, Hélène. Elle descendait d'un pavillon adossé à l'ancienne chapelle; la jeune fille feignit de ne pas voir Arnold, et Arnold suivant la direction des yeux bleus volontairement détournés, remonta avec eux jusqu'à une fenêtre élevée où il lui sembla voir, derrière un rideau de soie, s'éteindre une lampe de nuit oubliée sous son globe d'albâtre.

Mais à quels sujets de son choix l'ardent créateur consacrera-t-il le champ grandiose qui se déploie sur ces monastiques murailles? Il palpite à cet aspect, il tressaille comme le coursier à qui on va ouvrir les allées de Chantilly, l'écolier à l'orée d'une forêt giboyeuse si le soleil allume déjà le reflet de son fusil bronzé, ou mieux l'intrépide Zouave à l'aspect des remparts où il faut aller planter sa flamme rouge et blanche.

Arnold ne trouva toutefois ni la pierre des vieilles assises assez polie et uniforme, ni les enduits de plâtre essayés en quelques endroits assez solides pour leur confier des fresques; mais on lui déroula d'immenses toiles choisies à Paris chez Bellot et à la Palette de Rubens. Chaque panneau avait la sienne étiquetée d'avance ; il suffisait de la faire adapter à des châssis facilement exécutés par les menuisiers dont la maison était pleine comme de toutes sortes d'ouvriers en tous genres. C'était une colonie bruyante et confuse. Arnold rendit mille·fois grâce à l'intelligent architecte qui avait ordonné tous ces travaux préparatoires.

Puis il balança, pour le choix de ses sujets eux-mêmes, entre les traditions classiques et les élans novateurs du style moderne. Sera-t-il grec ou gaulois? plastique ou rêveur? Cherchera-t-il l'exubérante richesse des formes ou ses effets à la source intime des mélancolies chrétiennes? Il avait dans ses études subi tour à tour la séduction des divers systèmes, et après les couronnes d'Ingres, envié les succès de Scheffer ; il était par les yeux pour l'école italienne, par le cœur pour les inspirations allemandes. Les arts du nord, pensait-il, ont moins de vivacité et d'éclat, mais plus de profondeur que les productions écloses au soleil. La rêverie entoure les artistes germains comme ces vapeurs qui s'interposent entre l'œil et les points de vue, circulent autour de coteaux lointains et sont pareils à ce duvet posé sur les fruits murs, qui donne tant de fraîcheur au raisin velouté. L'art du midi invite aux ivresses de la terre, son rival promet des jouissances au-delà. La musique de Naples convie à l'oubli des maux, ses tableaux reproduisent la nature réelle et ornée, les mélodies de Mozart et de Béthowen parlent d'un meilleur avenir. Rossini s'écrie : Vivons ! Béthowen soupire : Espérons ! Il y a dans l'imagination des Italiens le besoin de parer la vie présente, et dans l'imagination des climats rigides la promesse de la vie future. Tout est arrêté chez les uns, tout est indéfini

chez les autres. Ici beauté, mais nudité : voiles
et charmes là-bas. Quand j'ai admiré les toiles de l'Albane et savouré les accens de Bel-
lini, je crois à la philosophie du plaisir ; et je
me fie à un rémunérateur quand j'ai goûté
les hymnes de Wéber, vu les créations d'Al-
bert Dürer et médité aussi les sévères poésies
de notre Poussin, le premier des penseurs
un crayon à la main.

Arnold commença avec ardeur ses cartons.
Sans compter un plafond et quelques pen-
dentifs, il avait six panneaux à couvrir, quatre grands et deux petits. Il résolut de faire
contraster là le grave et le tendre, le naïf
près du sévère, et d'adjoindre deux idylles
aux quatre scènes tragiques qu'il jetterait
dans les amples espaces. Eut-il raison d'accueillir ces idées ? Les conseils d'un tiers
l'auraient peut-être guidé vers une autre direction, mais celle-là était sienne, et une première inspiration est souvent précieuse à
suivre. La docilité aux pensées étrangères est-
elle plus profitable à l'essor de nos facultés ?

Il ne faut point, n'est-ce pas, dans la vue de seconder le talent, l'engager dans un sentier qui n'est pas sa route instinctive. Il ne faut pas lui demander les qualités qu'il ignore et le troubler de l'absence des trésors qui lui manquent. C'est lui ôter ses ressources propres. On ne saurait être ce que Dieu n'a pas voulu qu'on fût. Si vous désirez que le coursier avance, ne contraignez pas son allure. Il allait courir, vous exigez qu'il vole, c'est l'empêcher de marcher. Chaque talent a sa nature comme telle senteur est à telle plante, et tel goût à tel fruit.

Une témérité encore traversa le cerveau du peintre, abandonné aux seuls caprices de sa volonté : ce fut de ne représenter que des femmes pour héroïnes dans ses quatre sujets capitaux. Il sentait une réaction généreuse contre sa propre injustice envers tout un sexe, parce qu'il avait à se plaindre d'un seul être. Il rougit de cette haine si générale, et voulut en élevant une sorte de monument à la vertu féminine, se venger par la grandeur

d'ame. Il chercha donc dans notre histoire quatre événemens propres à mettre sa pensée en relief et à placer dans un jour triomphal des noms empruntés à diverses époques. De ce choix il sortit quatre ombres illustres : Jeanne d'Arc, Mme Rolland, Mlle de Sombreuil, Charlotte Corday. Quant aux deux sujets accessoires, il s'en remit aux événemens qui naîtraient autour de lui dans le paysage dont il était lui-même encadré, et dont il s'inspirerait à loisir.

Il se mit à l'œuvre tout de suite avec cette ardeur qui seule garantit le succès, et la triple force nécessaire pour soulever le poids d'une seule idée. Ses épisodes furent successivement jetés sur la toile en moins de jours qu'il ne l'aurait prévu pour disposer le seul arrangement des draperies, l'ajustement des maquettes, et ses études d'après les modèles.

Dans le premier tableau, Jeanne d'Arc était assise à l'écart sous la vaste basilique de Reims, pendant qu'on sacre à l'autel le prétendu Victorieux que sauvèrent deux enfans du peuple : l'argentier et la villageoise, Jacques Cœur et la Pucelle, l'or et le fer. La guerrière est au bout de ses triomphes, le pressentiment de sa destinée lui courbe déjà le front. Appuyée sur l'épée de l'abbaye de Fier-Bois, elle écoute les paroles que glisse à son oreille Agnès. Agnès qui ne parle point de patrie, mais d'orgueil, de voluptés et de fêtes. Inspiré du génie de Schiller, Arnold, au milieu d'une infinité de personnages, sut attacher l'intérêt à la physionomie du héros redevenu femme. Elle pense à son village, aux rives fleuries de la Meuse où elle aurait pu être aimée! Dans le lointain la foule ingrate la regarde déjà comme la sorcière; un homme se prépare à l'accuser, c'est son père; et dans l'imagination de la prédestinée, elle voit le camp anglais d'où Charles VII dédaigna de l'arracher par une rançon. L'évêque a souri, le bourreau approche, et un bûcher élève ses flammes.

Au fond de la seconde scène descendait l'âpre escalier de la Conciergerie. Derrière

se déploient les ailes du palais de justice,
comme celles de l'oiseau des funérailles.
La flèche dentelée de la Sainte-Chapelle dé-
chire un coin du ciel gris à gauche. Voilà
des prisonniers qui descendent pour mourir.
Une femme de ministre est au milieu. A ses
pieds est tombé un vieillard à qui manque le
courage : et elle, l'épouse et la mère, le talent
dans sa beauté, la femme dans sa jeunesse,
elle soutient et console l'octogénaire devant
les sbires, les exécuteurs et la foule. Ses yeux
disent : - Cachez vos larmes, honorons la cause
dont nous périssons les martyrs. Elle montre
le ciel de sa main résignée. - Là sont vos
amis, là viendront vos enfans. La tête du vieillard se relève, et Marie-Marguerite Rolland
a dit dans un sourire : - Il y a une autre vie :
Marchons!

Le troisième cadre voyait s'étendre le tranquille enclos des Carmes, appuyé au Luxembourg. Autour d'une chapelle dont la jou-
barbe couvre le toit, dont le violier fleurit
les marches disjointes, sont groupés des ca-

davres et des meurtriers. Un père est traîné
sur les degrés rougis. Sa fille accourt et le
protége de son corps. — « Grâce! exprimait
dans son geste un des exécuteurs. — Non!
répondent les autres : ces prisonniers ont
conspiré pour amener l'étranger en France.»
La fille ouvre une main pleine d'or et de
pierreries, un des forcenés la repousse et lui
présente pour unique rançon un verre et du
sang. Elle va boire, elle va rendre à ce prix
la vie à celui de qui elle la tient; et la pâleur
qui la montre déjà si tragique devant l'effroi
d'introduire le sang d'un cadavre dans ses
veines couvrira le front filial jusqu'à la mort.

Enfin, dans la dernière image nous voilà
sur le quai populeux qui touche la Grève.
Une charrette marche sur le premier plan.
Assise, droite et calme sur le banc que recouvre un peu de paille, une jeune fille avec
son bonnet à rubans bleus, sa propreté virgi-
nale et son étonnement de province, regarde
couler la Seine. Ses beaux cheveux ne sont pas
coupés encore. Sans effronterie, comme sans

crainte, elle écoute les clameurs qui la suivent.
Elle entend honorer Marat, on la maudit, on
hurle autour d'elle les mots lâcheté, piége,
meurtre ; et elle s'étonne. Mon Dieu ! dit-elle,
ils me prennent pour un assassin !

Un matin Léo apparut dans la galerie où
rêvait son père. Il avait, lui, l'air tout endi-
manché quoique son costume parût être le
même que la veille. — Vois, Arnold, dit-il, je
n'ai plus ce superbe trou que j'avais fait à
ma veste en grimpant sur le pommier, tu
sais. Vois-tu, il n'y est plus.

— C'est Hélène qui vous aura arrangé cela,
dit le peintre sans quitter la palette.

Il rappela un instant après son fils pour
examiner une coupure que l'enfant s'était faite
en voulant tailler un crayon. Le doigt qui
la veille était entortillé avec un peu de linge,
maintenant lavé avec soin portait une mou-
che de taffetas d'Angleterre adroitement appli-
quée sur la blessure.

— Qui t'a mis cela, Léo ?

— Ça s'est mis tout seul, dit l'enfant. En me réveillant j'ai vu mon doigt tout noir.

Le peintre ne fit pas plus d'attention à cette circonstance qu'à la fraicheur évidente des vêtemens de son fils. Il avait l'esprit si préoccupé, l'ame si absente! Un soir qu'il lisait à la lueur d'une lampe, il entendit de petits pas courir précipitamment pour arriver jusqu'à lui, et il vit son enfant ému et tout rouge. Il y avait dans la naïve figure une expression de plaisir mêlée d'un peu de frayeur.

— Elle m'a pris!

— Qui donc?

— Je ne sais pas. Elle m'a serré fort dans le passage où il fait noir; et puis, elle m'a embrassé. Elle m'a embrassé comme toi.

— Hélène?

— Oh! non. Elle avait les mains-plus douces encore et elle sentait bon! Sa robe était comme le coussin de la causeuse où je dors.

A une foire de village, le peintre avait pu

enrichir son exigeant casseur de joujoux de
ces trésors qu'on remplace mais que rien ne
surpasse jamais. Demandez au jeune homme,
qui a monté ce matin un andaloux dans l'allée Charles X, si cet orgueil lui cause à présent la joie du premier coursier de carton
que lui a donné sa grand'mère. Arnold avait
acheté à Léo une montre que celui-ci suspen-
dait pour imiter les grandes personnes à un
clou doré posé près de son lit, et qu'il montait tous les soirs avec un soin extrême,
tournant la fausse et complaisante clef un
quart d'heure de suite. Il n'y avait d'autre raison pour que cela finît que le caprice du pos-
sesseur, lequel consultait sa montre comme un
oracle. Un matin il accourt radieux près de
son père penché sur de nouvelles esquisses
et approchant le bijou de son oreille :

— Elle va !

— Oui, elle va, dit Arnold sans y prendre
garde. Elle va très bien !

Elle allait, en effet. Et l'enfant reporta à
son chevet une précieuse montre de fabrique
anglaise.

Arnold obtenait quelquefois de la complaisance d'Hélène, qu'elle posât devant son chevalet. Il avait demandé ensuite qu'on dégageât le cou des plis du petit schall, qu'on dévoilât une blanche épaule qu'il devinait attachée avec perfection ; mais il l'avait demandé inutilement. Sur les mains, la taille, la chevelure, il avait fait une ample moisson d'études qui lui rappelaient, à lui, les types favoris de son cher Léonard. Il s'était donc établi après quelques semaines entre l'artiste et ce modèle si heureusement rencontré, une familiarité confiante, une émulation de bien faire et d'être utile que la présence ordinaire de Léo sanctifiait de toute son innocence. Hélène n'avait pas remarqué toutefois, sans un sentiment d'orgueil secret, que si l'expression de têtes des héroïnes était puisée dans le mâle génie de l'artiste, ses ébauches antérieures, ses albums, et quelquefois d'après une ou deux artisanes des villes prochaines, décidées à prix d'or à venir passer un jour à l'abbaye sous la protection d'Avenel, le pinceau du parisien revenait avec complaisance à reproduire certains détails de grâce toute naïve pour en orner ses plus hautes conceptions. Elle avait distingué nettement que le front pur de la Jeanne d'Arc était le sien ; qu'elle avait prêté à Mlle de Sombreuil la main qui accepte la coupe ; et dans les yeux limpides de Charlotte, dans sa pose ingénue, tout son air étonné et calme, elle démêlait des analogies assez frappantes avec le caractère de son propre ensemble. Arnold avait, un matin, trouvé une couronne de lauriers appendue au bord d'un des châssis où il avait travaillé la veille ; et il ne douta point qu'il ne dût cette anonyme offrande au timide enthousiasme d'Hélène. Il n'osa l'en remercier qu'en conservant cet hommage à la cheminée, de peur d'effaroucher la jeune fille par une reconnaissance trop expansive.

— Hélène, je veux faire votre portrait tout entier, lui dit-il un jour ; et le laisser ici dans un de ces cadres, près d'une de nos compositions historiques, afin que vous vous souveniez de moi quand je n'y serai plus.

— Tout le monde s'en souviendrait, dit-elle, et moi de même sans cet honneur-là, Monsieur. Mais comment, ajouta-t-elle en rougissant un peu, placer des paysannes comme nous auprès de ces grandes dames ?

— D'abord vous avez plus l'air d'une enfant de bonne maison que de la nièce d'Avenel, et d'une princesse que d'une bergère. Mais j'ai mon plan. Je vous surprends quelquefois des goûts qui trahissent vos dispositions naturelles aux douceurs du luxe. L'autre jour n'ai-je pas vu un coffret en bois de palissandre tout plein de gants de Suède, oublié dans le vieux parloir ?

— Ce n'est pas à moi ! dit la jeune fille.

— Et à qui donc serait-il ?

— A moi ! oui, oui, à moi, se reprit-elle embarrassée : mais je n'en fais aucun usage. C'était... c'est... un cadeau... fait autrefois à ma mère.

— J'ai donc mon plan, poursuivit le peintre ;

mais il me manque un sujet pour le pendant du cadre où je voudrais vous faire entrer. Il me faudrait un fond tout villageois. Racontez-moi quelque histoire de vos vallées, une chronique qui appartienne à cette province. Ne sommes-nous pas à la veillée?

— Je ne sais point d'histoire, moi, soupira Hélène : j'avais une amie qui en avait la mémoire remplie; mais je l'ai perdue il y a deux ans.

— Eh bien! racontez-moi l'histoire de votre amie.

— Elle est si triste!

— Et moi aussi, dit Arnold.

— Monsieur, c'était la veille de la Noël : vous savez, le jour où l'on va à la messe de minuit? Elle avait fait un vœu, ma pauvre Éliette; elle se nommait Éliette, car son parrain c'était Élie le taillandier. Elle avait fait vœu d'aller au saint office, et l'église est à plus d'une lieue d'ici au village du Terrier. Il n'y avait point ce soir là d'étoiles au cieux. Sa mère était au lit, malade; elle ne voulait point que sa fille sortit; mais la fille s'était mis en tête que d'aller prier ferait du bien à sa mère et je crois qu'elle avait raison. J'étais là et je voulus l'accompagner. Elle me fit rester pour soigner l'infirme. — Attends donc que la lune se lève, lui avait dit la pauvre femme. — Il serait trop tard, ma mère. — Que fais-tu? — Je mets mes sabots. — Mais on glisse davantage. — Il y a tant de neige! — Reste, encore une fois je t'en supplie. — Non, non; Hélène vous donnera à boire et moi je prierai l'enfant Jésus; c'est aujourd'hui la naissance de Dieu.

Elle embrassa la malade et elle partit. Je l'accompagnai néanmoins jusqu'au bas des prairies où coule cette petite rivière que vous savez : vous en avez pris les points de vue cet été. Nous avions bien peur : alors c'était l'hiver; quoique nous fussions deux, c'était minuit! peur des loups et aussi des morts. Il y avait des coups de vent, voyez-vous, qu'on aurait dit des menaces ou des plaintes. — Quand je serai à la croix du Chêne-Barre, je suis sauvée, fit Éliette ; je n'aurai plus que le petit pont à passer et ensuite la montagne : il fera peut-être un peu moins sombre qu'ici.

J'entendais déjà la rivière qui était grosse et qui criait entre les roches. — Ne va pas plus loin, Hélène, me dit la pauvre enfant ; va-t'en, la mère a besoin de son eau d'orge. — Laisse-moi donc te suivre jusqu'à la montagne. — Eh nenni ! je trouverai bien sans toi la passerelle, je connais la planchette, je me tiendrai bien à la perche qui sert de parapet. Elle sourit alors et elle se mit à courir dans la neige. Je revins seule ; je n'avais plus peur parce que je regagnais les maisons. Je me disais : Nous avons été folles, il n'y a pas de danger ; voilà à présent la lune qui se lève et le vent qui se calme. Tout est beau et clair à présent. On eût dit des draps de mariés étendus sur nos prairies. Ce fantôme que nous avions vu près de la pêcherie et qui semblait nous vouloir jeter son grand manteau sur les épaules, c'était le buisson courbé par la bise où nous avions trouvé des nids au mois.

de mai et cueilli des mûres aux vendanges.
La lumière là-bas, ce n'était pas le feu-follet,
c'était la chaumière à Paul : car le vieux tisse-
rand travaillait encore à la lampe. Oh! le printemps reviendra, me disais-je; mon cousin
Estève aime Éliette et ils seront heureux.

Quand je rentrai : Quel temps fait-il? me
dit la malade. — Beau à cette heure. — Je
suis contente : la petite a donc bien fait d'aller à la messe, le bon Dieu aura pitié d'elle.
Je vais dormir une heure, Hélène; tu m'éveil-
leras dès qu'elle sera revenue, notre fille.

La mère dormit en effet mais peu d'instans.
Elle se réveilla avec un soupir et elle dit :
J'ai rêvé d'un ange qui m'appelait. La petite
est-elle arrivée? — Pas encore : cela ne se
peut guère. — Ah! oui, dit-elle, le temps de
la cérémonie. — Et puis les deux courses.
— Quelle heure? — Deux heures. Elle se
retourna encore dans le lit : le feu venait de
s'éteindre, le chien hurlait dehors.

Et Éliette? reprit encore la mère au bout d'un
autre moment. — On l'aura retenue, à ce qu'il

parait, Madame ; il neige peut-être là-bas. Son
parrain et sa femme voudront l'accompagner.
Et puis vous ne pensez donc pas que c'est
le réveillon ! ils reviendront plusieurs jeu-
nesses ensemble , peut-être avec la corne-
muse.

Enfin le jour vint bien tard et bien pâle : je
ne pouvais plus cacher mon souci. Vingt fois
j'avais été à la porte. La mère ne disait plus
rien mais elle trouva la force , alitée qu'elle
était depuis cinq mois , de se lever et d'aller
appuyée sur mon bras au devant de sa fille.
Monsieur , la nuit avait été glacée et tranquille. Rien ne semblait avoir bougé dans le
monde, tout était comme la veille dans cette
campagne. Nous reconnûmes nos pas et nous
les suivîmes quelque temps. — C'est là
qu'elle m'a quittée, dis-je à la mère. — Je le
vois bien ! il n'y a plus que deux traces. Sui-
vons-les , ça m'encourage : c'est encore mon
enfant. Arrivées au bord de l'eau, je vis bien
les deux mêmes pieds s'engager sur la planchette et se marquer jusqu'aux deux tiers à

peu près : mais là la double empreinte n'en formait qu'une, la place était large et confuse et sur l'autre moitié de la passerelle la neige n'avait pas été foulée. A peine si on y voyait les petits ongles d'un rouge-gorge qui s'était envolé de là comme nous approchions.

Ah! Monsieur, épargnez-moi la fin. La mère ne voulait rien comprendre et pourtant elle ne fit qu'un cri de détresse en s'avançant jusqu'au village. J'étais restée à quelques pas derrière pour regarder dans le torrent et aux branches des aulnes qui étaient embarrassées d'herbes mortes et violemment tordues par le courant jaune. Ni les parens d'Éliette, Monsieur, ni le bedeau, ni le curé ne l'avaient vue entrer à l'église et personne ne la reverra jamais sur cette terre. Il y a, à deux lieues d'ici, un endroit près d'une écluse qu'on appelle le Noir-Gouffre, et des arbres entiers déracinés par les grandes eaux sont emportés là sans jamais reparaître.

— Je connais ce passage de la rivière et la planche dont vous parlez, dit Arnold. J'ai

défendu à Léo d'y jamais aller seul. Je ferai
de ce site maudit un paysage : j'y peindrai un
temps de neige, j'y marquerai les pauvres
petits pieds qui s'arrêtent, je poserai sur les
branches du saule voisin une orfraie les ailes
étendues : mais tout cela ne fera qu'un paysage.
Je ne traduirai jamais l'émotion que vous
m'avez donnée : notre art est impuissant devant la parole.

Arnold pensait à la gloire et jamais au profit. Et qu'avait-il à désirer dans cette solitude
où rien ne manquait aux besoins de son esprit? N'était-il pas occupé et libre? et son fils
s'épanouissait comme un arbuste de plus dans
les grands jardins de l'abbaye abandonnée.
La protection qui les avait attirés là l'un et
l'autre avait composé au peintre un de ces
loisirs que le pasteur de Mantoue n'expliquait
jadis que par l'intervention d'un Dieu. Arnold
se croyait consolé par l'étude et il oubliait la
vie. N'est-ce pas là tout le bien que peut envier
la sagesse ? Cependant il soupirait quelquefois : faut-il toujours un tourment qui renaisse

pour compléter l'existence humaine? Ses im-
prévoyances de l'avenir auraient paru fabuleuses à tout homme positif. Il la portait si
loin, cette philosophie, qu'il ne s'était pas encore fait la question assez simple de savoir
quels avantages il retirerait de ses travaux et
quel deviendrait son sort après les avoir accomplis. En attendant, prévenu dans ses
moindres vœux, entouré de soins avec un infatigable mystère, sa sécurité allait jusqu'à
l'ingratitude. Il s'étourdissait aussi sur ce que
les lois de son pays avaient à lui demander
compte de l'indépendance un peu absolue où
il avait engagé sa vie et celle d'un autre, et
sur l'autorité des tribunaux qui pouvaient
à tout moment contre lui s'armer pour les
intérêts d'une famille puissante. Enfin, il avait
été assez distrait pour ne pas chercher au
milieu des incidens heureux qui gravitaient
autour de lui, quelle en pouvait être la
cause. L'obligeance était attachée partout à
ses pas : elle veillait dans les ténèbres, elle se
montrait à tous les coins du vieux château,

comme autrefois les ombres errantes dans les
romans anglais qu'il avait aimés. Seulement
c'était ici la grâce qui remplaçait la terreur.
Les corridors semblaient habités par les
sylphides au lieu des brigands et des spectres,
et tous les bruits nocturnes qui ne s'expli-
quaient pas se dénouaient infailliblement par
de délicates surprises dédiées aux deux hôtes
si miraculeusement choyés.

— Je viens, Monsieur, dit un matin Avenel,
vous apporter une nouvelle traite sur le rece-
veur-général du département ; elle arrive par
le courrier. Il paraît que vous n'êtes pas pressé
de réaliser les espèces : je n'ai pas entendu
dire que vous eussiez fait toucher encore à
Blois la première lettre du mois passé.

— Elle doit être, dit Arnold, dans le portefeuille de Léo : je la lui confie pour ne pas
la perdre. Prends-là, mon vieux, et à l'occasion prochaine fais-la changer en or. Ton
seigneur inconnu est magnifique ! Il rému-
nère les arts comme s'il ne vivait pas sous
cette dynastie. A propos, Avenel...

— Il doit vous sembler bizarre, interrompit le concierge, que ce soit moi, un bohémien d'hier, heureux de recevoir de vous de généreux secours, qui vous transmette à cette heure des mandats et vous fasse les honneurs d'un château. Ainsi passe la vie du monde : hier en bas, aujourd'hui en haut : demain...

— En terre, dit le peintre. Nous sommes déjà, mon ami, presque aussi heureux que si nous étions morts. A propos, qu'est-ce que c'est donc que ces cavaliers que j'ai vus entrer dans la cour hier soir, on avant-hier peut-être, mais entre chien et loup car je n'y voyais plus à la besogne? Ils sont repartis un quart d'heure après.

— Vous savez cela? dit Avenel.

— Apparemment, puisque j'en parle. On n'est pas toujours obligé de ne rien savoir de ce qu'on dit.

— Moi, je n'ai rien vu, Monsieur Arnold, dit vivement le concierge.

— Je le sais bien que tu n'as rien vu, mais tu as entendu, tu as su. Ces gendarmes pa-

raissaient affairés et insolens en mettant pied
à terre, puis ils portaient l'oreille basse et
paraissaient presque respectueux quand ils
sont repartis. A qui donc ont-ils parlé dans
cette maison?

— Oh! ce n'est rien du tout. Était-ce des
gendarmes?.. Je sais à présent ce que vous
voulez dire : ces messieurs cherchaient un..
pauvre diable.. de réfractaire, un déserteur,
que sais-je? mais on a bien su leur faire comprendre qu'ils ne pouvaient jamais le trouver
ici. Est-ce que cette visite vous aurait causé...
Auriez-vous sujet de... Est-ce que quelqu'un
vous en veut?

— Peut-être, dit Arnold.

Et le peintre laissa ensuite échapper à demi
un rire misanthropique.

— Il ne faut pas vous blesser de ma question, fit Avenel; je ne la risque que par zèle
et amitié envers vous. Je vous défendrais
plutôt.

— Oh! je souris, dit le peintre, de ton
expression dont tout le monde se sert : « On

vous en veut. » Est-ce que la malveillance humaine est un sentiment si commun qu'elle n'ait pas besoin d'être exprimée pour être comprise? Dans la locution la plus ordinaire, quand on dit à quelqu'un : tel autre vous en veut, il sait tout de suite que ce n'est pas du bien.

— Possible. Vous êtes grognard aujourd'hui !

— Et le mot RAISON, poursuivit le peintre, il est d'abord pris aussi en mauvaise part. Se dire des raisons...

— C'est s'adresser des sottises. Pendant ce temps, ajouta Avenel, on assure que vous faites des merveilles sur ces masures-là. Quel dommage de ne pas les voir ! Est-il vrai que vous avez représenté, monsieur Arnold, votre Léo trait pour trait, et à croire qu'il va se lever, assis là-bas sur le gazon auprès de la Fontaine-Richard, à l'ombre des coudriers? et qu'il regarde je ne sais quoi dans l'eau ?

— Qui t'a dit cela, pauvre aveugle?

— Oh! une personne qui s'intéresse particulièrement à vous, répondit l'invalide en
croyant mettre dans l'inflexion de sa voix
beaucoup de malice.

— Ta nièce, n'est-ce pas, Avenel ?

— Eh! que non. Nous avons pensé nous
autres qu'il y aurait bientôt, en guise de crayon
blanc dont vous avez marqué, qu'on dit, une
place à côté de l'enfant, une belle grande
dame qui doit lui ressembler un peu. On
espère que puisque vous avez dessiné là, le
marmot, la mère ne peut pas être bien loin
dans vos idées, n'est-ce pas? Qu'en dites-
vous? Vous la mettrez à côté de lui. Elle doit
être jolie la mère. Vous la ferez donc de souvenir, M. Arnold? Oh mais! vous n'avez pas
pu l'oublier, j'en suis bien sûr. Vous voudriez
qu'elle fût là pour vous prêter un peu ses
yeux et sa physionomie, pas vrai? Demandez
çà là-haut : le bon Dieu y consentira peut-
être. Et en attendant, vous avez bien trouvé
ici des robes, du velours, une capote en
cachemire, je ne sais pas quoi, moi, qu'Hé-

lène a déballé dans un paquet envoyé autrefois d'avance pour notre maîtresse qui n'est
pas venue? La petite fille s'est ingéré que ça
pourrait vous servir afin d'habiller votre
peinture. Elle dit que la mère de votre enfant
doit être soignée, porter des affaires riches
comme ça, et être à peu près duchesse.

— Je n'ai rien aperçu de ce que tu dis,
maître fou.

— Ouvrez donc l'armoire en chêne qui
doit être entre les deux croisées.

Arnold obéit: et en effet deux robes splendides, un schall de prix et un chapeau de la
plus fine paille de Toscane frappèrent ses
yeux assez étonnés.

— Il est fort aimable à Hélène, dit-il, d'a-
voir pensé à faire ressource pour moi de ces
parures de hasard; mais je prétends la remercier pour une bonne grâce plus utile et
mettre encore à l'épreuve sa résignation dé-
vouée. Va la prier de me donner une heure,
Avenel. Ce n'est pas une dame de velours et
en draperies orientales que je veux asseoir

dans votre verger désert. J'ai mieux que ça en tête. Ma mémoire d'ailleurs n'a pas assez de relief pour me servir de modèle, et je ne puis rien composer que la nature sous les yeux. Envoie-moi Hélène et mon fils.

Léo précisément entrait dans l'atelier donnant la main à la fraîche paysanne. On demandait le concierge pour recevoir un messager de la ville et en cédant la place aux survenans, celui-ci laissa au peintre lui-même le soin de renouveler sa prière directement.

Hélène n'était ni belle ni jolie : elle était mieux que tout cela! Son principal attrait, c'était ce que les hommes d'élite appellent le charme, c'est-à-dire l'intelligence des regards et la grâce sympathique de toute la personne. La grâce était naturelle à cette fille comme à la clématite le parfum que vous lui connaissez. Elle s'était identifiée avec les rêves du laborieux étranger, elle suivait son travail inconnu de tous ses vœux naïfs, elle secondait pour ainsi dire ses mains et buvait les paroles de son enthousiasme. On ne sait qui veillait à l'existence positive de l'artiste, mais Hélène faisait à son esprit une constante hospitalité. Il s'inspirait de cette bienveillance de tous les momens. Il espérait en lui parce qu'il y voyait croire un autre. S'il avait osé s'attribuer un ange gardien, il l'aurait paré de l'image d'Hélène. Il se plaisait à la regarder souvent comme on regarde un ciel pur, à respirer près d'elle comme on se plaît à respirer près des fleurs. Elle lui était douce et harmonieuse aux yeux. C'était une source claire, un lac dont la présence désenivre le cœur. Il la recherchait comme la rosée, l'aube et la senteur des bois. Avide d'innocence, Arnold rencontrait là tout ce qui avait manqué à Ève. La pureté était d'une part et la volupté de l'autre. C'étaient les couleurs fraternelles du même rayon, mais elles lui arrivaient divisées.

Hélène, à son insu peut-être, commençait à être émue devant le jeune homme. Quand l'animation du talent faisait étinceler ses yeux, leur éclair fascinait les regards de l'enfant. Puis elle tombait dans une mélancolie profonde dès qu'elle lui voyait la généreuse défiance de ne pas rendre ses idées, et le découragement courber ce front créateur. Enfin elle s'enivrait de lui comme de l'objet d'un premier, d'un vague et d'un immense amour : et lui s'en occupait sans cesse innocemment comme d'un sujet de poésie et un modèle. Arnold ne pouvait deviner l'innocent piége dont il était l'involontaire auteur : il admirait Hélène présente de toute la fougue du peintre distrait; et Ève, c'est avec passion qu'il en-repoussait les souvenirs.

La jeune fille devint pâle et distraite à son tour : elle se refusa d'abord à poser pour la figure en pied que l'artiste brûlait d'esquisser. Elle dit que cela pourrait déplaire.

— A qui?

Sa modestie se troubla; il était évident qu'il se passait en elle et hors d'elle une hésitation, un empêchement inexplicables. Arnold allait abandonner son désir, il avait déjà dit sans succès.

— Mais vous ne voulez donc pas servir de pendant à la mémoire d'Éliette? Le lieu de votre séparation, les derniers vestiges sur la terre de votre amie devenue un ange occuperont pourtant ce cadre vis-à-vis.

Léo se mêla alors de la conversation.

— J'y suis là, moi, et je m'ennuierai au bord de la fontaine tout seul; tu sais bien qu'on ne m'en laisse jamais approcher seul.

Les auditeurs sourirent et Hélène qui résistait encore aux instances du père se laissa vaincre par l'innocente cajolerie de l'enfant.

— Placez-vous donc ainsi, dit Arnold triomphant : là, d'un trois quart un peu plus avancé. Baissez vos yeux. Vous aurez oublié votre travail, vos fuseaux par exemple pour remarquer quelque myosotis dans le gazon, un trèfle à quatre feuilles, si vous voulez; et pendant que vous regardez la terre, l'enfant saisit votre image reflétée par le miroir de l'eau.

— J'aimerais mieux la regarder elle-même tout de suite, dit Léo, je l'aime! Elle est jolie comme.. comme une pomme, ajouta l'espiègle, en cherchant en même temps dans la petite poche de la paysanne un de ces apis rosés qu'elle avait coutume de lui apporter tous les jours.

Cette petite toile de genre , déjà préparée , fut achevée rapidement. Ceux qui veulent un sujet pour une peinture , comme ils exigent un *poëme* pour la musique, à qui un art ne suffit pas à la fois et près de qui l'imitation du vrai , la naïve reproduction de la nature n'enferme pas tous les mérites, comprendront peu le bonheur du peintre quand il s'aperçut le soir que sa figure principale était pleine d'ame et que tout était bien venu dans l'exécution de sa pensée. Il n'y avait pas là plus d'efforts de composition que dans une ode d'Horace ; mais pas moins de grâce que dans l'intraduisible cadence du rossignol.

Arnold avait cru s'apercevoir quelquefois à des signes inappréciables devant tout autre, à certains déplacemens sans inconvénient de quelques objets de son métier, qu'on pénétrait dans la galerie en son absence. On y venait peut-être d'un soleil à l'autre, mystère qu'il avait cru avoir éclairci une fois par la découverte de la couronne attribuée à Hélène. Mais en l'absence de cette fille, pendant une nuit passée à une noce éloignée où l'accompagnait son oncle, l'artiste surprit quelque trace d'une visite étrangère. Le soir où il avait fini le portrait d'Hélène et pendant qu'il se reposait à la veillée, près d'elle, dans le placide orgueil de sa conscience de peintre, il crut distinguer à travers les croisées qui donnaient sur la cour une douteuse lueur éclairant au loin son atelier. Mais comme cette clarté devait franchir un double rempart de vitres et un espace assez large avant d'arriver à lui, il se persuada qu'il s'était mépris. Et pourtant, par une inquiétude d'auteur et pour l'acquit de sa sécurité, il fit part de cette idée à la nièce d'Avenel. Elle n'en parut pas absolument étonnée.

— Si quelque amateur, dit le peintre, s'introduisait là par une curiosité niaise, et par émulation avec nous voulût mettre les doigts sur nos demi-teintes, il n'est pas bien sûr qu'il les perfectionnât. Je vais aller voir si la porte est fermée.

— Pas vous, dit Hélène : je ferai cette commission-là pour vous rassurer.

Arnold prenait déjà une lampe, mais la jeune fille insista pour qu'il ne quittât point la lecture à haute voix dont profitaient l'enfant et l'aveugle. Le peintre alors, afin de n'avoir point l'air d'être plus inquiet qu'il ne convenait à son insouciance ordinaire et de mettre une susceptibilité exagérée aux soins de ses travaux, consentit à se rasseoir. Il laissa faire son gentil modèle.

Hélène fut long-temps à revenir. Quand on l'entendit rentrer, elle marchait sans lumière et elle appela son oncle dans la pièce voisine qui lui servait à elle de chambre à coucher.

— Qu'est-ce qu'il y a donc ? demanda Arnold au concierge quand celui-ci reparut tout seul au coin du foyer.

— Rien. Cette petite fille aura eu peur, dit-il : sa lampe est tombée dans les corridors, à ce qu'il paraît et elle s'est un peu blessée à la jambe, à ce qu'elle dit. Elle est confuse surtout. Elle va se reposer et vous fait dire qu'elle n'a rien vu.

Ce qu'elle avait vu, Hélène se fût bien gardée de le dire ; et elle était dans une trop vive agitation pour se représenter aux yeux du peintre. Elle avait rencontré là-bas une femme qui, dans sa préoccupation à elle-même, ne l'avait pas même vue survenir. Mais sous le peignoir blanc qui descendait jusqu'à ses pieds, malgré ses longs cheveux un peu en désordre et la pâleur de ses traits, Hélène avait reconnu sa maîtresse, qu'elle n'avait que trop sujet de craindre. Cette rencontre à une pareille heure et l'action qu'elle lui avait vu faire avec un amer sourire, les lèvres tremblantes et le teint plombé, lui avait suffi pour prendre la fuite et n'affronter pas la colère écrite dans tous les traits de cette femme.

— Eh bien ! dit Arnold, si tout est en paix

et en place, retirons-nous ; nous reprendrons demain notre tâche avec plus de zèle. Est-ce que nous ne reverrons plus mademoiselle Hélène?

— Elle vous fait ses excuses, répéta le concierge.

— Va, Léo, dit le peintre, va un peu l'embrasser dans son lit et lui faire mes remerciemens; dis-lui que je suis désespéré d'être cause de son mal.

L'enfant entra à tâtons dans la chambre, fut embrassé dix fois par la jeune fille et ressortit tout affligé.

— Enfin, qu'est-ce qu'il y a? dit le père.

— Elle pleure, dit l'enfant.

— Elle pleure?

— Eh oui! fit Avenel. Elle est si douillette! Elle se sera un peu cognée et elle se croit morte. Ma pauvre sœur l'a tant gâtée!

— Mais que t'a-t-elle dit? demanda Arnold à Léo.

— Rien. Adieu, ne t'éloigne pas de ton père.

—Oh! c'est là une recommandation qu'elle vous répète sans cesse, Monsieur, et qu'on ne saurait trop recommencer, dit le peintre. Vous êtes si coureur et imprudent! Mais si je vous vois encore vous approcher des chevaux errans dans la prairie et jouer avec le taureau qui revient de l'abreuvoir, point de cerf-volant.

Léo, pour toute réponse, monta sur une chaise, de la chaise sur la table, de la table sur les épaules de son père; et son père l'emporta en imitant, à la grande satisfaction de l'enfant mobile et rieur, le cri traînard des porte-balles.

Le peintre ne se réveilla le lendemain, qu'au jour; et lorsqu'en passant comme à l'ordinaire avec précaution devant le berceau de son fils pour le laisser dormir encore, il aperçut la couche vide, il ne put se défendre d'un mouvement de terreur. Il regardait déjà autour de lui, ouvrait précipitamment la fenêtre, et appelait... quand il reconnut la course précipitée du fugitif. Léo semblait avoir hâte de revenir sous l'aile paternelle.

— D'où viens-tu?

— De l'atelier.

— Pour quoi faire, avant moi?

— Chercher le cerf-volant, mon père. J'avais entendu les branches du jasmin battre contre ma croisée; il fait beaucoup de vent.

— Il fallait m'attendre. Et pourquoi revenir si vite?

— Oh! tu ne sais donc pas? dit-il.

— Que dois-je savoir?

— Notre ouvrage qui est tout défait!

— Quel ouvrage?

— Mon portrait et le portrait d'Hélène.

— Sur la muraille?

— Tout barbouillé, abîmé, à ne rien voir!

— Et par qui?

— Je sais pas. J'ai trouvé là-bas personne. Je n'ai vu que ce mouchoir tout plein de couleurs, au bas du mur; et puis, quand je revenais pour tout te dire, il est sorti un homme, un monsieur, je ne sais qui, du passage qui mène au jardin. Il m'a appelé pour venir à lui, il a marché vers moi les bras ouverts; mais j'ai couru, et me voilà.

— Reste ici, dit Arnold en étendant un bras protecteur sur l'enfant : tu ne pleureras point?

— Non, mon père.

— Je vais t'enfermer ; auras-tu peur ?

— Non, mon père.

— Et si on venait à frapper, tu ne diras mot? tu ne répondras qu'à ma voix?

— Oui, mon père.

Arnold s'élança vers la galerie.. fermée ! Toutes les portes et les fenêtres soigneusement closes. Il rôda à l'entour et découvrit enfin un volet moins exactement poussé que les autres. A travers les vitraux, il distingua la place où la veille au soir il avait cru laisser un chef-d'œuvre, une page enfin digne de lui et du talent qu'il voulait acquérir. Les teintes fraîches étaient épanchées sur tout l'ensemble dans une confusion qui attestait la rage du destructeur. Le visage d'Hélène était spécialement frappé, et il semblait avoir épuisé la force d'un bras poussé par l'envie d'un rival ou la jalousie d'une femme. Arnold tenait encore à la main les lambeaux de batiste ramas-

sés par son fils, et qui avaient évidemment
servi à commettre le sacrilége. Il les examina
avec une curiosité indignée et dans un des
angles du mouchoir il lut, non pas un chiffre
mystérieux, mais comme c'était alors une
mode passagère, un nom tout entier brodé
en laine rouge : ÈVE.

XV

A Paris.

Je crois valoir très peu quand je me considère, beaucoup quand je me compare.

JEAN PAUL.

Arnold remonta précipitamment à sa chambre, inquiet sur le sort de Léo. Le peintre n'avait pas même pris le temps de s'assurer que ses quatre toiles capitales avaient été épargnées : le père avait hâte de conserver un plus précieux trésor. Léo l'attendait immobile. Sur un guéridon avancé au milieu de

la pièce et dont en sortant tout à l'heure
Arnold n'avait pas même vu le dérangement
très affecté, il trouva des objets déposés là
évidemment pendant son sommeil à l'aide de
fausses clefs. C'était une lettre de remerciemens signée de l'intendant qui lui avait
écrit cinq mois auparavant, de l'argent avec
profusion et un passe-port.

Le passe-port était pour l'Angleterre. La
comtesse d'Hacmon se l'était procuré depuis
quelque temps et le tenait en réserve à la
disposition de son protégé, dans le cas où
les ressources de sa propre adresse devien-
draient impuissantes à le soustraire aux poursuites que faisait continuer sous main le pair
de France. Elle le lui avait ménagé comme
une sauvegarde : maintenant elle le lui jetait
comme un ordre de fuite et d'exil.

Arnold ne se méprit pas à cette intention,
qui d'ailleurs était la sienne. Il dédaigna de
se plaindre; il résista à la tentation d'écrire
et de laisser là de terribles adieux. Chassé! se
disait-il avec amertume. Il ne traça que l'in-

dication d'un hôtel à Blois, en ajoutant : pour Avenel.

— Et ma bonne Hélène? murmurait Léo.

— Tu vois bien que nulle ame n'a paru dans cette maison : leurs portes sont fermées, les persiennes même immobiles. La maison est déserte, c'est un autre asile qu'il nous faut chercher. Chassé! se répétait-il à lui-même, moi et cet enfant.

Alors il prit par la main le pauvre compagnon et descendit reprendre la vaste et libre route qui poudroyait déjà au loin sous le premier rayon du soleil.

La comtesse était si irritée, si malheureuse peut-être d'avoir cédé à l'impérieux emportement de son caractère, qu'elle partit aussi immédiatement par un autre chemin. Volontairement privée de ces deux êtres, ne pouvant vivre avec eux ni sans eux, elle avait hâte de rentrer dans son hôtel et de se venger sur son mari des torts que lui avait fait commettre envers Arnold l'injustice d'un soupçon qu'elle n'avait jamais le droit d'avoir.

Sa mère la trouva maladive et changée.
Ève était loin de vouloir ouvrir son ame à
personne et particulièrement à cette femme,
la première cause du sort affreux contre lequel elle se débattait. Elle ne lui dit point de
quel lieu elle revenait, de quelle vie de geô-
lier et de captive elle avait été à la fois victime. Mais comment lui cacher les traces de
ses chagrins déjà longs, et la poignante et
récente angoisse qui redoublait en ce moment
son supplice! La jalousie peut-elle se dissi-
muler plus que l'amour?

La baronne d'Alviane brûlait de regagner
à tout prix l'affection de sa fille, du moins sa
confiance. Elle voulait lui redevenir utile, si
ce n'est chère; la servir, fût-ce par un crime,
plutôt que la voir s'éloigner d'elle et sentir
sa vieillesse étrangère à l'avenir de celle pour
qui elle croyait avoir tant fait, et conquis le
bonheur par la fortune.

Il était échappé une fois à la jeune femme
de s'indigner devant sa mère de l'obstacle à
son bonheur. Elle avait osé lui demander à

elle-même l'âge du vieillard auquel on l'avait
liée, et comparer le mariage qui les rapprochait
à ce supplice ancien où un vivant était en-
chaîné à un mort. Enfin elle avait, dans l'égarement de ses vœux, dans la démence de sa
répulsion pour un tel homme, prononcé ces
mots : Je le hais tant qu'il en mourra.

Madame d'Alviane prit cette parole pour un
souhait ardent, pour une de ces prières qu'on
n'ose faire directement à personne, mais qui
sont quelquefois entendues quand elles tombent de la bouche d'un prince dans l'oreille
d'un courtisan. A quoi ne peut se résoudre un
dévouement maternel quand il est dépravé
par l'absence de tout frein moral et que cette
vertu-là peut s'exalter par l'énergie qui suit
ordinairement le mal? La mère comprit là
un avenir nouveau ; et on ne sait à quelle
aberration de faiblesse, à quelle férocité de
complaisance peut s'étendre l'horrible habi-
tude de gâter une idole, depuis la première
douleur de ses premières dents jusqu'aux
obéissances à des passions naissantes. Pour

ressaisir son pouvoir, une mauvaise mère
que sa fille abandonne peut exécuter tout ce
qu'imagine un tyran.

Depuis long-temps madame d'Alviane avait
surpris un commerce de galanterie assez secrète entre Évélina, la femme de chambre
de sa fille, et un chasseur appartenant à
l'hôtel voisin occupé par une légation étrangère. Cet homme parlait mal ou affectait de
mal parler le français. Il avait une taille her-
culéenne et une de ces figures que vous ne
souhaiteriez à personne de rencontrer le soir
au coin d'un bois. La baronne épia les rendez-
vous que se donnaient ces deux domestiques
dans l'hôtel du comte : et un jour, vers le
crépuscule, quand elle se fut bien assurée que
l'étranger était introduit, elle se rendit à la
chambre d'Évélina. Toutefois, avant de heurter elle fit entendre sa voix dans le corridor
et sans laisser au galant d'issue pour s'éva-
der, elle lui donna le temps juste de fuir ses
regards et de se réfugier dans un cabinet
dépendant du logement de la camériste.

— Ma chère Évélina, lui dit-elle quand elle se fut établie dans la confiance de la jeune fille surprise par un certain air de ne soupçonner rien et par un sourire de familiarité protectrice : j'ai voulu, au lieu de vous faire descendre chez moi, vous parler chez vous, vous donner **une** preuve de ma discrétion **en** votre faveur, de mon estime.

— Je ne comprends pas, Madame, dit Évélina troublée.

— Vous êtes une très bonne fille que nous aimons. La comtesse vous dotera quand vous voudrez et ce dont je viens vous avertir est un témoignage de notre confiance absolue. Vous avez, ajouta-t-elle en élevant la voix de manière à ce que pas une des paroles ne fût perdue pour l'homme du cabinet, vous avez une inclination.

— Madame!

— Je n'y vois point de mal. Je ne veux vous en faire ni un crime ni même un reproche sérieux. Si vous avez distingué un bon sujet dont les dehors même m'ont paru con-

venables, vous ne le recevez que par de très
purs motifs et vous voulez vous établir convenablement : rien de mieux ! Il y a bien quelque inconvénient à ce que ce garçon vous
rende visite ici. On s'en aperçoit dans l'hôtel et vous devriez vous abstenir dans votre
propre intérêt. Mais, ma chère, vous n'avez
pas calculé tout ce qu'il y a d'imprudence et
d'autres dangers peut-être à introduire un
étranger ici. C'est la maison d'un dignitaire
immensément riche ; et vous ne permettez
jamais, j'en suis sûre, à ce jeune homme de
rester tard près de vous ; à plus forte raison
d'y passer la nuit... Mais si un soir, Évélina, il
se cachait : soit pour abuser de votre frayeur,
de votre faiblesse pour lui, soit pour de plus
sérieuses et de plus coupables intentions ?

— Que voulez-vous dire ? Madame.

— Ni moi ni personne ne suspecterons
jamais cet étranger. Il a la plus heureuse
figure du monde et l'air de la probité elle-
même. Mais enfin vous le connaissez peu : il
est allemand ; il peut partir d'un moment à

l'autre, car il est sous la protection de son
ambassadeur ; et regagner son pays avec une
facilité qui saurait tromper même la surveillance de nos autorités.

— Je répète, Madame, que ceci est une
énigme...

— Il ne faut tenter personne, voyez-vous.
Ce que je vais ajouter, mon enfant, ne peut
vous fâcher en rien ni être applicable au
brave garçon dont il s'agit, mais enfin la
prudence est mère de toutes les sûretés. Je
commence à vieillir, je suis défiante, et il
m'est permis de veiller nuit et jour sur les
intérêts de ma famille. Je ne suis pas sans
inquiétude sur une manie qu'a le Comte de
garder toujours dans son hôtel, dans sa propre chambre à coucher, des valeurs considé-
rables, des billets de banque, de l'or et des
diamans. Ceci peut se savoir. Voyez ! Deux
fois on a tenté une mauvaise action chez
Mlle Mars, par le seul appât de ses maudits
bijoux, et le Comte possède ici des biens
d'un prix plus élevé ; on peut donc le savoir

comme je disais; et tel homme qui ne pensait pas d'abord à mal faire en profiterait si la facilité de s'introduire...

— Quel indigne soupçon, Madame!

— Je suis charmée que ce soupçon vous blesse. Votre susceptibilité vous honore et vous défend. C'est bien! Mais enfin, ma petite, ne voyez-vous, dans tout cet abandon de ma part, dans cette preuve que je vous donne de notre foi en votre honnêteté, ne voyez-vous aucune raison pour mettre de la prudence dans votre conduite et dans vos rapports avec votre amoureux?

— Je ne le recevrai plus passé minuit, Madame!

— Vous ferez bien. C'est tout ce que je voulais. Je savais bien à qui je m'adressais puisque j'ai préféré une prière à un ordre. Personne ne sera instruit dans la maison de ce que nous venons de dire, n'est-ce pas? Vous n'en parlerez à qui que ce puisse être?

— Dieu m'en garde.

— C'est que, ma bonne, il y a partout des

dangers de plusieurs espèces , et un malfaiteur lui-même est emporté quelquefois à plus mal agir encore qu'il n'en avait l'intention première.

— Comment?

— Nous serions très fâchés assurément, vous et moi, qu'on volât le Comte, bien que ses terres, ses grandes possessions pussent le consoler bientôt d'une telle perte ; mais, mon enfant, un pauvre diable qui voudrait s'enrichir à son tour ne serait peut-être pas le maître d'y réussir innocemment. Le Comte ne dort que d'un œil. Il est soupçonneux et avare : il voudrait sans doute se défendre lui et ses richesses : et alors l'audacieux pour assurer lui-même son profit et peut-être ses jours, serait forcé...

— Oh! Madame , plus un mot, je vous en supplie.

— Je ne dis cela qu'à toi, mon enfant. Ne vois-tu pas à présent que je me plais un peu à jouer avec la frayeur que je te cause? à te faire des contes de voleur? Adieu , Évélina :

rien n'arrivera de ce que je prédis par une
inquiétude sans doute imaginaire ; mais je ne
puis pas me repentir de t'avoir traitée comme
une personne sur l'honneur de qui je me
repose.

L'étranger n'avait pas cessé d'ouvrir une
avide oreille aux plus petits détails de cette
confidence.

Ceci se passait peu de jours après le retour
d'Ève. Les époux ne s'étaient rencontrés que
pour échanger quelques paroles, comme des
étrangers que le même toit rapproche ; car
les personnes irrévocablement séparées n'ont
point à faire acte superflu de leur antipathie
profonde et à marquer un éloignement qui
ne peut jamais cesser d'être. On vit d'autant
mieux en paix apparente avec certaines gens
que rien ne peut plus modifier l'irréparable
divorce et en troubler jamais la sécurité. Le
comte affectait en toutes choses l'impassible
indifférence que quelques hommes de son
temps avaient prise à l'école de Talleyrand,

pour montrer une prétendue supériorité d'esprit. Il ne jaillissait (comme on l'a dit de son maître) aucune étincelle du caillou qui servait de cœur à M. le comte d'Hacmon. Seulement il allait modifiant de jour en jour sa fausse sérénité par un maintien de plus en plus dégagé, un choix de mots plus goguenard et des inflexions de voix presque métalliques.

Ève ne daignait pas cacher son caractère. Elle était le plus habituellement sombre; seulement quand le désespoir la gagnait, elle se réfugiait sous une apparence de légèreté et d'empressement pour les distractions du monde. Que de folles gaietés de femme cachent ainsi des pleurs, à peu près comme dans les prairies l'herbe haute et d'un vert plus brillant dénonce une source furtive. Approchez de ces bords fleuris : c'est un abîme.

Une nuit que la jeune comtesse n'avait pas même essayé de dormir, pas même de rester sur son lit brûlant; qu'elle laissait passer les heures, le front appuyé sur le marbre noir

de sa cheminée éteinte, n'entendant au loin que
le retentissement de quelques portes d'hôtel
fermées derrière les carrosses attardés, ou le
cri sinistre du montreur de marionnettes
qui pousse encore à une heure indue sa sauvage invitation au plaisir, elle crut distinguer
s'approchant en dehors de sa porte, les
pas légers d'une femme. Ce sera Évélina, se
dit-elle, qui a surpris mon retard à dormir
et se tient éveillée aussi pour m'offrir d'inn-
tiles services. Ève éteignit sa lampe par bonté
d'ame et resta à continuer dans les ténèbres
le cours de ses songes éveillés, les phases de
l'éternel cauchemar qui pressait incessamment son cœur sous une main de fer.

La camériste se retira : et au bout d'un
intervalle dont sa rêveuse maîtresse ne put
calculer la durée, il sembla à Ève qu'on venait
d'entr'ouvrir avec précaution une des portes
de l'appartement de plain-pied contigu au sien
et occupé par le pair de France. Cet appartement, elle le connaissait à peine, mais on a à
son insu l'intelligence de tous les bruits qui ap-

partiennent à la maison qu'on habite. On les perçoit dans la nuit avec une sagacité merveilleuse, en attendant que les physiciens décident si cette transmission des sons est due à la sonoréité plus grande de l'air nocturne ou au recueillement que nous laisse l'assoupissement de tous les autres bruits du monde. Ève ne fit d'abord aucune attention spéciale à cet incident. Il s'expliquait par les motifs les plus naturels et les plus ordinaires. Elle allait gagner sa couche abandonnée, lorsqu'un retentissement plus singulier parvint à elle d'un autre point. C'était un coup répété deux fois, assez sourd et comme souterrain. Elle ne put juger nettement d'où il provenait, si ce n'était peut-être du logement de sa mère. La baronne occupait l'entresol de ce vaste hôtel, et sa chambre à coucher répondait juste au dessous de celle du comte. On eût dit le bruit d'une canne ou d'un *pocket* de foyer anglais, heurtant le plafond afin de réveiller quelqu'un. Mais le retentissement était comme sournois et mystérieux. On semblait craindre d'appeler une grande attention dans l'hôtel. Ève pensa que sa mère était seule, peut-être indisposée, et elle se prépara en se couvrant d'un schall à descendre chez elle par un escalier dérobé, pour peu que cette espèce de signal fût encore répété. Au bout de dix minutes ce furent des bruits différens : ils n'étaient plus produits dans la direction inférieure de la chambre de la baronne, ils partaient des pièces de niveau à celle qu'occupait la comtesse, et séparées seulement par les cloisons immédiates. En un mot ces bruits sortaient de l'appartement du comte. On eût dit des pas confus et inégaux sur les tapis, une sorte de lutte qui venait quelquefois aboutir contre la paroi même de la prochaine muraille. Enfin Ève distingua un gémissement, puis l'effort d'une croisée brusquement ouverte. Elle sortit alors, s'a-vança par l'antichambre commun aux deux appartemens de maître, passa ensuite dans un couloir obscur, s'approcha ainsi davantage du point qui répondait à l'alcóve du comte, et là, elle fit entendre sa voix pour offrir son secours s'il y avait lieu. On y répondit par une exclamation qui ressemblait à du contentement et à l'espoir d'un appui vivement désiré. Et puis un frôlement le long des murs extérieurs et bientôt sur les ardoises trahit la fuite précipitée de quelqu'un. Ève revenait sur ses pas, cherchant bien vite une porte masquée qui communiquait chez son mari, lorsqu'elle toucha dans l'obscurité une personne. Cette personne, c'était sa mère. La baronne était immobile et elle semblait là écouter et attendre. Quand Mme d'Alviane reconnut sa fille, elle balbutia des craintes et je ne sais quelles paroles inintelligibles.

Au même moment plusieurs sonnettes s'ébranlaient dans l'hôtel. Le Comte sortait de chez lui, demi-vêtu, un bougeoir tremblant à la main, et il dit en voyant les deux femmes :

— On a voulu m'assassiner !

— Qui? demanda Ève, en se jetant vers lui par un mouvement qui indiquait l'instinct de le défendre.

— Au meurtre ! cria le sénateur plus épou-
vanté alors et plus empressé à se faire plaindre, dès qu'il vit des témoins de sa détresse.

Une foule de laquais arriva, mais sans se
presser.

— Est-ce qu'on s'est introduit chez vous,
Monsieur ? répéta la comtesse avec anxiété.

— Je ne sais qui, Madame, murmura le
vieillard sèchement. Tout ce que je puis déjà
déclarer...

— Mais vous êtes blessé, reprit la comtesse, je vous vois du sang, Monsieur.

— Du sang ! fit avec un cri d'horreur la
victime qui ne s'était pas aperçu encore de
son mal.

Le blessé recula pour se contempler lui-
même. Il se faisait une pitié profonde depuis
qu'il se voyait atteint au bras par un instrument tranchant.

— Un chirurgien ! un chirurgien ! com-
manda Ève.

— Ce que je puis déclarer déjà, reprit le
comte avec une émotion très augmentée, c'est

qu'on s'est jeté sur moi dans mon sommeil, et qu'après un combat que j'ai soutenu con- tre plusieurs malfaiteurs, tous se sont sauvés. J'en ai vu un fuir du côté des bâtimens de droite, gagner l'entablement, suivre les gout- tières et se perdre dans les combles. Il n'y avait là qu'une seule veilleuse allumée : c'était chez votre femme de chambre, Madame. — Vous autres, ajouta-t-il, en parlant à ses domes- tiques, allez faire perquisition partout. Ne dis- pensez personne de vous ouvrir les portes : per- sonne, entendez-vous ! Et il répéta cet ordre en jetant un singulier coup d'œil sur la comtesse. Pour vous, Baronne, termina-t-il en s'adres- sant à madame d'Alviane, je vous remercie de votre sollicitude et de l'empressement qui vous a mise sur pied si vite. J'en suis touché, et vous en rends grâce cordialement. Je vois à votre pâleur et à votre trouble tout ce que vous prenez d'intérêt au péril que je viens de courir. On en veut à ma vie, recommença- t-il, mais je saurai me défendre, et tout s'é- claircira, soyez-eu sûre. Rentrez, Mesdames.

Je vais faire avertir la force armée. Qu'on ferme les issues. Vous signerez tous la plainte que je vais adresser au procureur du roi.

Les diligences furent immédiatement faites et n'aboutirent qu'à des soupçons de plus en plus envenimés, car on trouva sur le balcon de la chambre à coucher du comte, un couteau qui fut reconnu pour appartenir à l'office. Évélina quitta brusquement l'hôtel.

Mais tout cet événement si solennel d'abord parut sans importance au bout de deux jours et ridicule le troisième. Le magistrat chargé de l'instruction déclara au comte : — Si j'étais à la place de Votre Seigneurie, je laisserais tomber l'affaire, et j'en étoufferais les conséquences. Vos ennemis ne peuvent être des étrangers. On jase. N'ébruitez rien prématurément. Le temps viendra à votre aide mieux que tous les procès-verbaux. Observez, en vous tenant sur vos gardes. M. le préfet de police m'a chargé, monsieur le Comte, de vous prier de passer dans son cabinet ce matin même. Il lui est venu des renseignemens favorables sur un autre objet qui vous intéresse plus particulièrement.

— Mon fils? s'écria le pair de France.

— Ou votre petit-fils, car c'est un enfant dont il s'agit.

Le Comte, au bout d'une semaine, le révérencieux comte d'Hacmon, personnage toujours un peu officiel, fit demander pacifiquement un entretien particulier à madame la comtesse. Ève, exaspérée par l'absence, le manque de nouvelles et aussi l'indignation des lâches idées qu'elle avait vu accueillir autour d'elle, était prête à lui proposer la même entrevue. Elle accepta avec ardeur cette occasion d'éclaircissement et de franchise, car l'entrevue pouvait les pousser l'un et l'autre hors du cercle devenu inhabitable où ils étaient tombés en même temps.

—Madame, dit le rusé vieillard en dissimulant sa rancune et frottant ses mains sèches l'une contre l'autre jusqu'à donner l'idée qu'il en pouvait jaillir du feu, je viens vous

annoncer une nouvelle qui m'a comblé de joie
et va vous rendre aussi bien heureuse. On est
sur les traces de notre fils.

— Que voulez-vous dire ?

— Daniel nous sera bientôt rendu, Madame. On a trouvé dans un village un enfant iden-
tiquement pareil à celui qui nous a été si
indignement ravi.

— Quel village ?

— Il importe peu à l'affaire. Cet enfant
paraît le nôtre.

— Erreur, Monsieur ! On aura commis quelque méprise, on spécule sur votre crédulité.
On veut vous faire recueillir la progéniture
d'un bohémien : on espère apparemment que
vous reconnaîtrez pour votre héritier quelque
apprenti danseur de corde.

— Madame ! me laissé-je si ordinairement
duper ? Une fois n'est pas règle.

— Je vous dis d'avance que ce qu'on vous
annonce est faux, Monsieur. J'en ai le pressentiment, l'instinct, la certitude. On vous
fait croire une fable pour vous extorquer de

beaux deniers comptans. On pourrait réussir
près de vous peut-être ; mais moi, m'abusera-
t-on ? Abuse-t-on les yeux d'une mère ?

Le comte, moitié stupéfait et moitié irrité,
sut pourtant se contenir. Il tira sournoise-
ment de sa poche une lettre administrative
et la glissa sous les yeux de la comtesse pour
unique et victorieuse réponse.

« Nous étions parvenus, Monsieur le directeur, à retrouver la piste de l'individu, et nous
le suivions ainsi que l'enfant qu'il emmène.
Nous avions cerné déjà sa résidence : il ne
pouvait plus nous échapper quand nous nous
sommes présentés pour le saisir. Mais on
nous a éconduits au domicile même où ce
ravisseur s'était réfugié. Il paraît que la maison de campagne qu'il habite près de Blois
appartient au père même de l'enfant qu'on
réclame. On lui donnait là un asile. Si ces
contradictions cachent un changement de
dispositions en faveur du jeune homme ou
sont une plaisanterie déplacée contre l'admi-
nistration dont on invoque le concours, je

crois devoir m'en plaindre et vous en informer, si les choses ne sont déjà à votre
connaissance. Dans tous les cas, vu qu'il nous
est défendu de faire esclandre et recommandé
d'agir avec prudence, nous attendrons des
instructions nouvelles. Mais vous pouvez être
sûr, monsieur le directeur...

Ève laissa tomber la lettre.

— « ... que nous ne perdons point de vue
le fugitif, » acheva le comte en ramassant le
papier, « et...

— Nous verrons! murmura Ève à demi
voix.

— « .. et que nous saurons bien nous saisir
au moins de l'enfant. »

— Si je le veux!

Cés deux interjections d'Ève lui avaient été
arrachées malgré elle et presque à son insu.

— Ah ça! dit le comte, vous avez de singulières contradictions d'esprit, Madame.
Pourquoi vous refuser à tout espérer et vous
armer contre vos propres serviteurs? Une
première fois vous êtes venue me crier : Votre

héritier, défendez-le! retrouvez-le, Monsieur, au péril de votre vie! rendez-moi mon enfant! Puis vous m'avez déclaré peu de jours après que cette alerte était une épreuve essayée sur ma tendresse; que vous aviez envoyé vous-même Daniel aux eaux de Louesch (ce qui par parenthèse était une fiction) et aujourd'hui vous vous irritez de nos démarches? vous vous défendez de retrouver l'orphelin? C'est un abîme de contradictions, je le répète. Que signifient tous ces mystères? Seriez-vous complice du ravisseur?.

— Eh! Monsieur, si l'homme innocent qu'on soupçonne et qu'on persécute ici, était, dit Ève, non pas coupable d'enlever votre héritier, mais assez résolu, assez puissant par sa volonté seule pour avoir reconquis un trésor qui lui appartient, son bien par le droit naturel, son sang.. oseriez-vous le dénoncer? oseriez-vous le faire punir?

— Certes.

— Et.. quelles peines lui feraient encourir vos lois?

— Je croyais vous l'avoir déjà dit, Madame : dix ans de travaux forcés.

— Dix ans !. Un être généreux et noble,
un ange tomberait au bagne ! Le martyr d'un
dévouement sublime et d'un si pur amour...
Ah ! Monsieur, à quoi vous exposez-vous
en prêtant la main à ce crime ? Est-ce. à de
si puériles recherches, à de si mensongers
renseignemens que vous perdez le temps et
le pouvoir, Messieurs ?

— Comment, dit le comte, recouvrer une
part de sa famille...

— Vous, magistrat qui appartenez aux intérêts publics avant tout, membre du premier
corps de l'état, auteur des lois, fraction de la
pairie, vous menacez des enfans et des femmes ! Et à quoi détourne-t-on la toute et exor-
bitante puissance de la police ? Est-ce qu'il
n'y a pas en France des soins qui vous soient
plus exclusivement réservés ?' le peuple à
armer contre le peuple ? Courez donc ! Vous
voyez bien que la paix publique devient une
calamité tous les jours : soutenez donc par une

émeute les détenteurs de la couronne. On a déjà renversé huit siècles de monarchie en trois jours. Prenez garde! Écoutez la canaille qui demande du pain pour du travail : voilà le péril! Faites de l'ordre à coups de canon, allez jeter l'intimidation à l'avenir et élever contre lui des forts détachés. La misère est un complot, les plaintes sont des cris séditieux. Demain sera-t-il encore temps? Saurez-vous que répondre quand on vous demandera où est ce trône que vous aviez consolidé? Mais allez, Monsieur, voilà le métier d'un pair de France : et pour les intérêts privés, pour les intérêts de l'ame, confiez-vous donc au seul instinct des mères !

— Quel aveuglement vous fait battre la campagne? Mais, Madame, il ne s'agit pas de ces déclamations de parti. Je vous dis simplement que je vais retrouver mon fils, et le ravisseur me le rendra lui-même.

— Qui? Monsieur.

— Un homme abusant de l'hospitalité qui lui était faite sous mon toit, que mon inten-

dant faisait travailler aux embellissemens de
l'abbaye, un M. Ferrer ou Ferrier.

— Ah! gardez-vous, dit Ève, de faire tomber
un seul cheveu de sa tête!

— Mais encore une fois vous êtes hors de
sens; il y a démence assurément. Quel intérêt vous vient à présent en faveur du misérable qui s'est fait chasser à ce qu'il paraît
de cette maison pour quelque négligence
dans son travail?

— On avait peut-être d'autres motifs, Monsieur! Et vous les approuveriez vous-même
qui avez pris un si subit et si étrange intérêt
à la nièce d'Avenel.. Mais défendez qu'on ne
le poursuive, je vous en avertis!

— C'est lui qui a dérobé, vous dis-je, et
qui emmène mon fils.

— Le vôtre?

— Eh oui! Un vagabond que le hasard
nous a fait accueillir. Ce Ferrier, il n'est autre chose que le ravisseur. Le préfet m'a dit
que quand il est parti du village où l'on avait
suivi ses pas et exploré sa conduite, il était en-

core accompagné d'un orphelin : et cet enfant..

— Qui vous dit qu'il fût le vôtre ?

— C'était Daniel, Madame.

— Après.

— Résolument devenez-vous folle?

— Il y aurait de quoi peut-être, dit la comtesse. Mais l'horrible action de livrer à la justice un homme qui a été votre hôte, vous ne l'avez pas conçue.

— Pardonnez-moi.

— Vous ne l'accomplirez point.

— Pourquoi donc?

—Pourquoi? parce que j'ai un secret à vous dire, Monsieur, avoua Ève en changeant le ton de sa voix tout à coup tremblante et baissée.

— On n'attend, Madame, pour formuler la plainte, établir l'identité et expédier un mandat d'arrêt, que ma simple signature.

— Et vous ne la donnerez pas. Tenez, Monsieur, le jour est venu de parler : Voulez-vous assurer la paix entre nous, cimenter un pacte immuable? Je vous dois un aveu, et après laissez-moi partir. Ne touchez ni au protec-

teur ni à l'enfant, jamais vous n'entendrez
parler de la mère.

— Comment cela ferait-il mon compte?
dit froidement le sénateur. J'ai des droits
sur vous, Madame.

— Les lois qui vous les donnent sont injustes.

— Sur Daniel.

— Aucun.

— Comment !

— Vous me forcez donc à cet aveu ?

— Eh parlez !

— Eh bien, Monsieur, cet enfant...

— Achevez donc.

— N'est pas le vôtre.

— La belle nouvelle !

Et qu'en savez-vous vous-même? reprit
ironiquement le comte.

Depuis long-temps le comte soupçonnait
cette vérité, et sa philosophie ne s'en trou-
blait guère parce que son ambition n'avait
point à s'en inquiéter.

— Ce que vous hasardez-là, poursuivit-il,

Madame, n'est qu'une assertiou déplacée,
insolente, et qui ne prouve rien. Qui est-ce
qui vous la demande? D'ailleurs, avez-vous
bien seulement, je le répète, la certitude
absolue de ce que vous avancez?

— Monsieur...

— Je dis absolue. Les femmes se trompent
sur beaucoup de choses : elles croient ce
qu'elles veulent. Elles sont si enthousiastes!
Elles rêvent que leurs vœux sont des faits; que
leur fils est de telle ou de telle autre origine.
Elles ne repoussent ni les ténébreux mystères,
ni les opérations miraculeuses. Leur crédulité
s'est arrêtée là dans tous les temps.

—Mais que prétendriez-vous me faire encore révéler, Monsieur? Êtes-vous résolu à
braver toute réserve, à immoler toute pudeur?

— Eh! c'est à peu près fait, dit le vieillard.

— Éh bien! Monsieur, un autre...

— Quel autre?

— M'avait possédée avant vous.

— C'est là une indignité, Madame, et voilà
tout. Eh! en somme que m'importe!

—Eh bien! je la dis, cette indignité et j'ai besoin de la dire : qu'elle rétombe sur celui de nous deux qu'elle atteint le plus. Si je fus criminelle, c'est vous qui m'avez forcée à l'être. Si vous n'aviez été prêt à récompenser l'oubli des devoirs personne n'eût pensé à les fouler aux pieds. Qui est plus coupable de l'être faible qui commet une odieuse action ou de celui qui l'excite par l'appât des récompenses ? La prostitution est moins vile que le premier corrupteur. Payer est plus lâche que vendre. De quel droit m'a-t-on dépouillée à seize ans de toute notion de vertu? Pourquoi m'a-t-on empêchée d'être aimée, de rester digne de l'être, d'avoir un époux, de posséder un enfant?

—Et qu'est-ce qu'il résulte, reprit le grand seigneur avec ce calme sans entrailles qu'on appelle la dignité parlementaire, qu'est-ce qu'il résulte de cette assertion, de cette aggression contre le fait accompli de la naissance de l'enfant, sous l'empire de mon mariage? Vous vous abusez fort, Comtesse, et vous sortez de la question. Vous vous méprenez sur la signification des mots, la valeur des choses, l'autorité enfermée dans la validité d'un acte authentique. La loi attribue Daniel à votre mari.

— Je réclamerai, Monsieur.

— Pourquoi faire?

— Pour rendre hommage à la vérité d'abord, et ensuite faire valoir mes droits.

— Il n'y a point de droits contre la loi, Madame.

— Je confesserai tout aux juges.

— Ils n'auront à examiner que l'exécution des formalités. Et comment Daniel ne serait-il pas mon fils, s'il vous plaît? Toutes les conditions de l'état civil établissent ce fait.

— Il doit le jour à un autre.

— Ce n'est pas là une raison, ce n'est qu'une infamie. Comment! suffirait-il de procréer au hasard un enfant pour qu'il fût à vous? Mais c'est l'état sauvage, Madame. Nôs Codes ont bien une autre prévoyance, et sont plus protecteurs! Il ferait beau voir qu'on pût explorer de pareils mystères? mais il n'y aurait de sécurité pour personne : on troublerait des milliers de familles!

— Mais la nature, Monsieur, a disposé la première.

— Un décret de germinal an 7, Madame, a disposé plus récemment que la nature.

— Mais si un autre m'avait rendue mère et qu'il vînt réclamer ses droits, qu'auriez-vous à lui opposer?

— L'article 35 du Code. « L'enfant conçu pendant le mariage a 'pour père le mari. » Voulez-vous vérifier le texte?

— Eh bien! l'enfant, Monsieur, a été conçu.. avant le mariage.

— Qu'est-ce qui le constate?

— Sa naissance.

— Sa naissance a eu lieu, dit le comte, sept mois après notre acte important.

— Eh bien? .

— Eh bien! ce terme n'a rien qui contrarie les régularités, et que la loi n'admette comme légitime. L'enfant n'est venu au monde.

qu'après cent quatre-vingts jours de conju-
galité : cent quatre-vingts jours passés sont
la garantie de rigueur. Et puis, à quelque
époque que répondît cet événement, il aurait
fallu pour l'invalider avoir désavoué l'enfant :
or je ne l'ai point désavoué, je ne le dés-
avouerai jamais.

— Mais dit Ève, emportée par la colère
et la pudeur à la fois, qu'est-ce qui peut dé-
montrer aussi qu'il soit de vous?

— L'article 313, Madame : « La filiation
« des enfans légitimes se prouve par les actes
« de naissance, écrits sur les registres de
« l'état civil. »

— Et l'état civil ?

— Est la loi des prophètes. Consultez, s'il
vous plaît, les registres de la commune de
Longpont.

— Je nommerai le véritable père.

— Encore une fois c'est sortir de la question ; et à ce scandale inutile, l'article 335
répond : « La recherche de la paternité est
interdite. »

— C'est révoltant, Monsieur. A tout ce que j'avance de droits naturels et de lois divines, vous répondez par des entraves humaines et des arguties. On affronte le bon sens, l'évidence, on nie la paternité?

— Paternité! sourit le comte en haussant à demi les épaules : conjectures! illusions! Madame ; jolie hypothèse! comme disait mon ami Monge en parlant de l'existence de Dieu. Mais la paternité, c'est l'accessoire du droit. Je n'ai point à examiner si le marmot est de mon fait comme le définissent les usages que vous appelez naturels. Quand la négative serait supposable, même moralement prouvée, et qu'un tiers aurait pris la peine de ces détails, cela établirait-il les droits de ce tiers? L'enfant sera-t-il de Paul par ce qu'il n'est pas de Joseph? Quels témoignages peuvent être ici irrécusables? Si tel héritier n'était pas correctement l'œuvre de qui de droit, la société me garantit le mien. Nous n'en sommes plus, Madame, au régime primitif; notre législation est progressive. Nous vivons sous une civilisation avancée, et j'en veux les avantages puisque j'en subis les inconvéniens.

— Mais encore une fois...

— Encore une fois, ma chère, enfermons-nous dans la raison. Il est mal de troubler la paix du ménage pour des contestations si vaines. L'enfant est acquis au père de famille : c'est le fruit de l'expérience de tous les temps. Le législateur a senti qu'une démonstration rigoureuse était là-dessus délicate, et on a interdit la divination d'une pareille énigme. Quel chaos s'il en pouvait être autrement! La paternité mathématique n'existera jamais, Madame.

— Vous l'avez déjà dit, Monsieur. Vous abusez de votre âge, vous m'irritez jusqu'à la démence. A écouter votre cynisme, il semble qu'on pourrait être étranger à un héritier direct.

— Et l'acheter tout fait comme l'amour, disait Caraccioli : ce serait quelquefois plus facile. Suivons donc les lois comme les a perfectionnées l'autorité des siècles. Tenez, si j'étais dans un cas où vous supposez quelque autre, si j'avais (prenons l'exemple inverse) si j'avais eu jadis un enfant naturel, une fille à ce qu'on dit, est-ce que je serais dans l'obligation de reconnaître cette créature parce qu'elle me doit le jour, sa mère ayant un mari? Et Daniel mon successeur mâle et légitime ne serait pas mon fils pour m'être advenu providentiellement? Mais, Madame, je suis l'époux de la mère, le fruit est arrivé en saison; pour la dernière fois, vos prétentions sont insoutenables et nous n'en parlerons plus jamais.

— Il n'y a d'insoutenable que l'absurde, Monsieur, et il est de votre côté. Mon fils si vivace et si beau, dit-elle...

Elle s'arrêta. La pudeur avait passé devant elle avec la brûlante image d'Arnold. Elle se contenta de penser : — Mon fils si vivace et si beau, il suffirait de le faire paraître devant un tribunal pour écarter vos prétentions. Devant cette charmante figure la confrontation vous condamnerait, j'en appelle à votre modestie.

Quand on verra mon fils, on verra aussi qu'il n'est pas le vôtre.

— Mais, dit le comte, comme s'il eût deviné et achevé cette pensée secrète, j'ai été fort beau autrefois : le plus beau des pairs de France! En somme, toutes ces chicanes sont peines perdues. La nouvelle que je vous apportais doit vous réjouir et je vais faire arrêter ce misérable. Il sera traîné dans les cachots pour nous avoir privé si long-temps d'un avantage dont la perte serait à ce que je vois irréparable.

— Eh bien! dit Ève, vous me forcerez aux dernières extrémités, Monsieur? Je vous supplie ici de me laisser partir. Je demande la liberté et mon enfant. Nous nous ensevelirons au loin dans l'obscurité. Je ne réclame ni rang, ni protection, ni douaire. Après l'aveu que j'ai fait, je quitterai votre nom, je quitterai la France, je quitterai l'Europe si vous voulez. Je ne prétends qu'à être mère, et je ne veux que votre engagement de ne jamais chercher à reprendre sur nous une

autorité mal fondée. Je n'ai pas plus de droit
à vos honneurs que vous n'en avez sur deux
êtres dont l'un du moins est innocent.

— Mon autorité sur vous est incontestable,
dit le comte. Je vous dois protection et vous
me devez obéissance : telles sont encore les
dispositions formelles du titre 5, chapitre 7.
Laissez là vos exaltations et toutes ces infir-
mités d'un cerveau malade. Je puis vous donner de sages conseils, écoutez-les. — Qui vous
forcerait à prendre un tel parti? Pourquoi
renoncer à être honorée si votre conscience
vous empêche d'être heureuse? N'est-ce rien
que l'éclat d'un rang et d'une fortune? Vous
n'avez pas toujours été insensible à ces avantages, Madame! Cet enfant que je retrouverai
demain, il est le vôtre s'il n'est le mien. Et
de quel droit voulez-vous le priver d'une position sociale qui lui est acquise? Il est réservé
à une illustration héréditaire; car malgré les
efforts de l'Opposition, la pairie conservera
ses priviléges; et après avoir été mauvaise
épouse, voulez-vous devenir mauvaise mère?

Je ne puis me prêter à ces vœux dénaturés, me faire complice d'une spoliation d'état. Non, Madame! Mon successeur est, comme vous le dites, innocent de l'improbité qui s'attache à sa naissance. S'il ne me doit pas la vie, il me devra un jour un nom, un rang et une immense considération : cette existence-là vaut bien l'autre. Ne le dépouillez point et n'essayez pas de le déshériter.

— Mon fils, Monsieur, ne soupçonnera jamais dans quelles conditions aurait pu s'asseoir sa destinée. On ne saurait regretter ce qu'on n'a jamais connu. Il a devant lui tout un avenir de bonheur différent. Dieu place en tous les sorts des compensations. Le monde, je le sais bien, croit la richesse indispensable; je l'ai cru aussi pour moi-même.. mais je n'étais pas mère! On le croit surtout quand on arrive à l'âge de l'égoïsme, et que nos cheveux commencent à prendre la couleur de l'argent. Mais pourquoi accréditer cette fausseté près des enfans? Je saurai faire au mien une série de jours composés

d'études, d'illusions, de travail et d'amour. Il
sera heureux : et si vous voulez vivre en paix
aussi, Monsieur, et être béni, abandonnez-
nous tous les deux.

— Jamais, Madame.

— Réfléchissez bien, seigneur comte!

— L'espoir de transmettre mon nom a été
l'ambition de ma vie, Madame. Je serais
mort déjà sans l'émulation de me survivre.
Je désire perpétuer les biens et les honneurs
que j'ai laborieusement conquis, vous le savez. Chaque homme a son but, son fanatisme,
sa folie si vous voulez : celle-là c'est la mienne.
La chance m'est venue de réaliser ma chi-
mère : j'y tiens. Je tiens plus à l'avenir qu'au
présent. Ce droit m'est acquis à titre onéreux,
et je saurai maintenir l'honneur de ma race.

— Et moi me défendre, dit Ève, contre
cette tyrannie monstrueuse. Je ne sais si mes
réclamations juridiques auront un plein succès, mais je les ferai publiquement. Je décline-
rai toute paternité de votre part ; un avocat me
composera un mémoire, et peut-être le respect

humain , l'opinion du monde et l'effroi de quelque ridicule arrêteront enfin vos poursuites envers un adversaire inconnu, un honorable artiste qui au bout du compté n'a jamais conspiré contre votre honneur.

— Vous vous garderiez bien , dit le sénateur avec un sourire de menace profonde et d'irritation contenue, vous vous garderiez bien, Madame, de me pousser à bout ! Vous savez quels sont les avantages que m'ont fait deux fois vos passions mauvaises . J'ai barre sur vous devant la justice humaine et divine.

— Qu'est-ce à dire?

— Rappelez-vous donc la nuit, où tenue éveillée par vos remords apparemment, je vous ai trouvée debout, vêtue, et tout près de la chambre où un meurtrier venait de me frapper.

— Eh bien? demanda Ève avec fierté.

— Eh bien! qui avait un intérêt direct à cette action? qui donc aurait après moi trouvé un amant, un bâtard , et une fortune libres?

— Je vous plains, dit Ève, vous ne m'in-

dignez pas, Monsieur : c'est la pitié que je
sens.

— Évélina est arrêtée, Madame, si son
complice a trouvé jusqu'ici des ressources
pour la fuite. Elle a parlé, votre femme de
chambre; et l'on verrait les propres paroles
que je vais vous dire dans le second de ses in-
terrogatoires, si je n'avais ajourné ma plainte :
« Le chasseur Conrad était connu dans la
maison; les maîtres étaient informés. »

— Et cela signifie ?..

— Que le coup prémédité pouvait être prévenu par un peu de bonne volonté ou les
précautions les plus simples. Et par ces mots :
« Les maîtres étaient informés, » qui peut-on
entendre, en m'exceptant sans doute, si ce
n'est vous ou votre mère? Or, au service de
qui était votre confidente Évélina? Qui avait
toutes les occasions de savoir les allures de
cette fille et d'observer sa conduite? Est-ce la
baronne d'Alviane qu'il faut soupçonner?

— Jamais ma mère, dit Ève avec un dédaigneux sang-froid.

— Nommez donc le coupable!

— Je n'ai rien à répondre.

— Vous m'avez conseillé tout à l'heure de réfléchir, Madame : je vous donne à mon tour le même et charitable avis. Si jamais... — Qui vient nous interrompre ? —.. le complot nouveau dont vous venez de me faire part avait un commencement d'exécution... — On insiste : Qui est là ? Entrez !

— Monsieur le Comte, dit un homme de confiance qui avait apparemment reçu de lui une instruction récente, c'est quelqu'un de la part de son excellence.

— Quelle excellence?. Je croyais, dit monsieur d'Hacmon qui voulait faire l'esprit dégagé et présent, qu'il n'était permis de parler désormais que de l'excellence des pâtés et des dindons du Perrigord. C'est peut-être un messager d'état. Qu'il entre! Madame le permet.

Et il se glissa dans le boudoir un personnage qui tenait du militaire et du valet tout à la fois. A la vue de la comtesse, il parut embarrassé ; mais le maître de la maison qui avait souri en le reconnaissant s'avança au devant de lui avec une politesse affectée.

— Monsieur le chevalier Gerliez ! dit-il : mon ami, notre ami, Madame, que je vous présente : c'est un homme précieux et un cœur rare. Il a pris à notre perte un intérêt tout dévoué ; lui nous servira enfin spéciale- ment et mieux que personne. Il sait quelle est la force des sentimens qui animent une mère, et il exaucera nos vœux. Chevalier, voici la mère à qui vous allez rendre son fils.

Ève se leva.

— Je tâcherai, madame la Comtesse, dit l'officieux agent, de me rendre digne de l'es- time qu'on me témoigne et de la délicate mission qui m'est confiée. Je tiendrai la pro- messe qu'on vous fait, j'y mets mon honneur.

Ève avait déjà quitté la place ; mais elle n'avait pu sans répondre s'empêcher de lais- ser tomber un regard sur ce personnage. Elle le trouva terne et sinistre, malgré son urbanité. Il la fit trembler d'un impercepti-

ble sourire. Par je ne sais quel rapprochement bizarre d'images et d'idées, il lui passa
devant les yeux une impression de ses anciens
voyages en Suisse : c'était l'aspect d'un gla-
cier. Cet homme avait été beau ; ses blanches
dents se montraient fort complaisamment
sans que l'expression des yeux répondît à cet
indice de bienveillance. Un demi-fantôme,
pensa Ève : il y a déjà quelque chose de
mort en lui !

Et pendant que les deux conspirateurs
étaient encore en séance, la mère avait déjà
fait chercher et trouver Fontaine, le dévoué
commissionnaire d'Arnold ; et elle l'avait ex-
pédié en avertissement aux voyageurs pour-
suivis.

XVI

L'Auberge.

Fragilité est le nom de la femme.

SHAKESPEARE.

Attendez : le temps ronge le mensonge.

Un Secret.

Arnold avait eu l'imprudence de s'arrêter dans une petite ville à peu de distance de l'abbaye. Il ne se rendait pas à lui-même un compte bien exact du motif auquel il obéissait en demeurant là. Était-ce une sorte de résistance à l'ordre reçu de s'éloigner? espérait-il retrouver tôt ou tard un moyen ostensible

ou secret de poursuivre ses travaux, s'ils n'é-
taient pas toutefois détruits? Enfin couvait-il
dans son cœur un intérêt d'amitié vive pour
le modèle qui lui semblait humilié et blessé
autant que le peintre de l'outrage fait à son
image? Il reçut Fontaine avec empressement
et cordialité, comme ami ; mais comme ambassadeur, il ne voulut pas même ouvrir ses
lettres de créance.

— Vous avez bien tort, monsieur Arnold.
Cette comtesse-là est toujours belle comme
les trois Grâces, et son mari, sculpté comme
il l'est, ne peut pas vivre bien long-temps.
Les domestiques déjà ne l'aiment guère : il
leur distribue toujours les noms de fainéans ,
comploteurs et autres étiquettes. Il est avare
autant que sa femme est généreuse. Le por-
tier m'a dit qu'il n'avait par an que trois cents
livres sournois : et moi pour mon seul voyage
elle m'a donné le double, sans compter que j'ai
pu retirer ma montre qui retardait depuis
deux mois.. de vingt-sept francs cinquante. Il
faut quitter ce pays, Monsieur, on vous le

recommande. Je crois que si je n'avais pas pu venir vous le dire, Madame serait partie elle-même. Et cependant elle est bien retenue là-bas par la maladie de sa mère.

— La digne baronne est malade? demanda le peintre, comme pour donner enfin le signe de n'être pas tout-à-fait indifférent au bavardage officieux de Fontaine.

— Elle se mine, Monsieur; elle est sèche déjà et brûlée comme le gazon où a dansé le diable; et avec ça que les prêtres sont autour d'elle. Ces jésuites, c'est comme les mouches : ça se met sur tout ce qui se gâte.

Mais à travers les adieux qu'Arnold se hâtait de faire à son ancien voisin, son ancien complice de l'enlèvement de Léo, il reçut une lettre qui absorba toute son attention. C'était Avenel qui la lui faisait écrire.

« Depuis votre départ, mon cher Monsieur, tout va de mal en pis à l'abbaye. Les ouvriers ont tous été renvoyés, et la personne que vous devez bien connaître à présent nous a fait mettre à la porte nous-mêmes, moi et ma nièce. Il a fallu regagner notre maison du village. Je vous fais écrire ces lignes par une main sûre, afin de vous confier un secret ; il vous intéressera, vu qu'il regarde ma pauvre nièce Hélène qui a tant d'amitié pour le petit et pour vous. Vous avez peut-être l'inquiétude de vous croire la cause de notre disgrâce. Ma nièce n'est pas ce qu'elle paraît, Monsieur. On peut aujourd'hui vous dire ce qu'elle ne sait pas elle-même. C'est une innocente fille naturelle à qui son mauvais père (qu'elle ne connaîtra jamais comme moi) voulait pourtant à ce qu'il paraît, faire enfin un peu de bien. Madame la Comtesse n'avait pas le droit de lui ôter l'asile et la petite position qu'elle avait ici. Elle ne sait pas, madame la Comtesse, qui elle a chassé ! Vous n'ignorez pas, vous, que ma sœur est morte pendant le temps même que sa fille a fait le voyage pour m'aller chercher à Longpont, et le vieux monstre qui, il y a dix-sept ans passés, fit le malheur de la défunte, s'est souvenu de sa créature quand elle a été orpheline. Avait-il donc peur que la mère vivante, l'intérêt qu'il aurait pris à la petite ne fît découvrir sa conduite et qu'on ne se servît de cette pitié-là pour dénoncer ses anciens rapports? Tout cela est un mystère. J'ai des lettres et des papiers de famille. Sa tranquillité, à ce personnage, et ses soins tardifs pour l'enfant s'accordent-ils donc mieux à présent? Je ne saurais rien dire sur cette chose, ni vous expliquer par écrit tous les détails de l'affaire. Je n'ai jamais pardonné et ne pardonnerai point à cet homme; mais je ne peux empêcher un sort qui peut être fait à ma nièce dans notre pays natal. Tout le monde a ici confiance en vous; et si vous pouviez encore venir passer un jour avec nous autres, sans vous déranger trop, nous aurions un bon conseil à vous demander. »

. Arnold n'avait pas besoin d'une plus pressante raison pour regagner l'abbaye, depuis qu'il la savait déserte. Quand il parla à Léo d'aller bientôt revoir Hélène, le pauvre petit renvoyé sauta de joie.

Mais Fontaine était encore là en attendant

la première-voiture qui passerait pour reprendre sa route. Arrivé à Paris, il eut à répondre
aux mille questions que lui fit subir son man-
dataire désappointé et inquisiteur : et il n'eut
pas plus tôt trahi à son insu le projet de départ
qu'il avait vu former là-bas, qu'Ève pensa à
reécrire à Arnold. Elle voulait lui expliquer
ses vues sur l'avenir, faire une demande vingt
fois essayée ; puis le pressentant mortellement
blessé par sa conduite récente, elle se décida
à tenter un autre moyen.

Pour le peintre, il s'était hâté de finir le portrait d'un maire de village ébauché, d'échapper aux exigences de l'épouse qui demandait
des yeux moins ronds, une bouche plus étroite,
et il suivait déjà le chemin qui le ramenait devant ses chers tableaux d'histoire. Ces chefs-
d'œuvre étaient-ils morts ou vivans ?

Nos voyageurs avaient atteint le raboteux
village de Saint-Dié, et Léo qui se reposait
appuyé à une fénêtre du premier étage de
l'auberge, n'avait vu passer pour se distraire
qu'un équipage, quand la nuit vint. Surpris

de l'obscurité qui commençait à noircir tous les coins d'une chambre attristée par une tapisserie à personnages, il s'était jeté dans les bras d'Arnold.

— Tu as sommeil, petit : je vais te coucher dans ce grand lit vert.

— Il est trop grand, j'aurai peur.

— Un homme comme toi! J'irai bientôt t'y rejoindre et nous dormirons tous deux, va! Nous sommes si las!

Et sans déshabiller son fils qu'il accoutumait toujours à la rude vie d'artiste et de soldat, il le prit sur ses genoux et le berça un moment avec tendresse, pendant que l'enfant à moitié endormi cachait sa tête sur la poitrine du jeune homme. Arnold pour porter son fardeau sous les courtines de serge à broderies jaunes et retirer son bras engagé sous la longue chevelure, employa toute l'adresse et la patience d'une nourrice. L'enfant était à peine recouvert du manteau de son père qu'il parlait déjà de chevaux dans son rêve.

On frappa timidement à la porte.

— Entrez, dit Arnold, oubliant que toute
visite imprévue pouvait lui être à chaque instant dangereuse.

On ouvrit. On marcha jusqu'à lui avec des
pas légers, et une voix bien connue n'articula
que ce mot :

— Me voilà !

Arnold se leva impétueusement et courut à
son fils ; puis, se retournant du côté de la personne qui se tenait pâle et debout devant lui :

— Que nous voulez-vous, Madame ?

La présence d'esprit abandonna la comtesse,
elle était si troublée qu'elle répondit :

— Rien.

— Pourquoi suivre alors deux étrangers ?

— Où alliez-vous ?

Ève avait calculé les jours et les distan-
ces et s'était flattée de rencontrer ainsi sur
la route les deux fugitifs avant qu'ils eussent
touché le terme de leur pélerinage. Plus d'un
saule sur le bord des fossés verdoyans lui avait
donné des illusions d'optique ; elle avait pris

même une fois la borne milliaire pour le frêle
voyageur avec sa blouse de toile écrue et son
petit chapeau de feutre gris. Enfin à la fenêtre
du Cygne-de-la-Croix, elle avait aperçu ce
qu'elle cherchait : près d'un chat endormi au
soleil, une tête blonde et dorée qui s'avançait
pour voir venir la calèche annoncée par le
fouet des postillons.

La comtesse avait fait arrêter à l'instant
même. Il s'était trouvé un autre gîte pour attendre la nuit. Puis sans avoir retiré même de
la voiture le peu d'effets qui lui étaient indis-
pensables, elle avait fait rebrousser chemin
à ses gens : domestiques et chevaux étaient
repartis. Mais le courage qui l'avait soutenue
l'abandonnait au moment le plus décisif.

— Je veux... je viens, reprit-elle avec ti-
midité, me joindre à vous, Arnold, et à lui
pour toujours.

— Eh! Madame, regardez où nous sommes,
dit l'artiste, cette demeure ressemble peu à
vos riches hôtels, à vos splendides châteaux!
Notre asile est peu digne de l'hospitalière

comtesse qui voyage apparemment pour son plaisir, et que le hasard n'a amené ici que pour s'y reposer un instant.

— Mon voyage est maintenant fini : ou s'il se prolonge, ce sera sur vos pas et ceux de mon fils. On ne nous séparera plus.

Elle avait prononcé ces paroles d'une voix altérée. Le peu de jour que jetait encore le sarment achevant de brûler dans l'âtre, permit à Arnold de voir qu'elle avait les lèvres violettes et qu'elle était tremblante. Il crut un instant la raison de cette grande dame égarée.

— Vous avez des liens, reprit-il alors avec quelque douceur : retournez à votre condition, achetée cher. Vous possédez un époux, un appui : obéissez à ses ordres et conformez-vous aux exigences que votre illustre rang vous impose.

— Je n'en ai plus. La liberté que je n'ai pu me faire par un aveu, dit la comtesse, je la prends par la fuite. Je renonce à tout, grandeurs et fortune. Je ne rentrerai plus volontairement dans l'hôtel du comte : j'ac-

cepte votre sort, je demande à le partager ;
ne me repoussez pas... je suis seule au monde !

Arnold qui se souvint de l'abbaye, fit un
geste où n'entrait aucune pitié.

Ève chercha des yeux un siége et s'y laissa
tomber près du lit : elle venait de reconnaître
la 'gracieuse-rondeur que formait un corps
sous la couverture.

— Que j'ai souffert ! murmura-t-elle.
Arnold recula encore.

— Mais je n'ai point, Monsieur, de prétentions orgueilleuses : je ne veux être ni
votre maîtresse, ni même si vous ne le voulez
pas, la mère de cet enfant : laissez-vous aimer,
laissez-moi tous deux vous servir.

— Vos gens et votre carrosse vous attendent.

— Ah ! ne me rejetez point. Emmenez-moi
avec lui dans un pays lointain. J'irai à pied. Je
suis à vous seul, moi, et à lui. Quand j'aurai
gagné mon pardon, eh bien ! vous lui rappren-
drez mon nom, Monsieur. Vous lui direz de
m'aimer et que je suis sa mère.

— Vous ne l'êtes point, Madame. Si vous

voulez donner un héritier à un noble pair afin de servir son ambition et la vôtre, le premier enfant vous est bon, cherchez ailleurs. Votre époux déjà à moitié mort et qui veut revivre en lui, qu'il le réobtienne par un facile miracle. Mais moi, j'ai mon bien, mon vrai bien, exclusif et sacré : je saurai le conserver pour moi seul.

— Oui ! conservez-le, dit-elle; mais veillons sur lui ensemble. Il est à chaque instant menacé, poursuivi, vous le savez ! soignons-le tous deux. Que nos yeux se rencontrent sur lui : ne me regardez pas, moi, si je vous fais horreur, mais regardez-le pendant que je le contemple. Regardez-le, et pardonnez-moi.

Arnold ne répondit pas.

La comtesse s'approcha alors comme pour ressaisir Léo. Un geste du père comprima cet espoir, et Ève devant cette silencieuse résistance jeta un cri déchirant.

— Voyez ! dit le peintre avec amertume, vous avez réveillé cette créature. Vous êtes au milieu de nous un fléau. Ne savez-vous donc et ne pouvez-vous que le mal?

— Que veut cette femme, ami? demanda l'enfant d'une voix mécontente et grondeuse.

Et il se retourna du côté de la muraille.

Ève se jeta à genoux alors sans oser approcher davantage. Arnold la vit les mains jointes : elle était si suppliante et changée, si simplement vêtue, qu'il douta un moment que ce fût bien là cette riche comtesse qu'il méprisait. Il crut un instant que ce n'était que la mère aimée de son fils. Mais un élan qu'elle ne put réprimer encore, l'imprudente, car elle avait vu l'attendrissement du père et la rapide faiblesse de son cœur, rendit à Arnold toute la puissance de la colère.

— Ah! reprit Ève, je ne vous fléchirai jamais. Mais ne me repoussez pas, encore une fois, laissez-moi à vos côtés, vivre, veiller comme une pauvre et muette servante.

Et elle avança près du lit en sanglotant.

— Mon fils, dit-elle, priez pour moi aussi!

— Je ne vous connais pas, dit le dormeur.

— C'est moi, Daniel.

— Qui, toi?

— Mon cher Daniel!

— Daniel? Elle ne sait pas même mon nom, répéta-t-il.

— Il se peut donc, murmura la mère, qu'il y ait sous le ciel une pareille punition? Méconnue par son enfant! Mais quel est donc le crime, ô mon Dieu! que cette douleur ne puisse racheter? Mon doux enfant, reconnais-moi! Reniée sur la terre par son enfant! mais j'aimerais mieux être oubliée de Dieu dans le ciel!

Arnold avait repris Léo. Et pendant que, l'enveloppant de ses bras, il s'élançait hors de la chambre, la pauvre femme se traina à genoux pour les suivre encore. L'artiste referma la porte en donnant un double tour à la clef, et il n'entendit pas, le cruel, qu'Ève tombait contre cette porte. Il s'éloigna sans soupçonner qu'il laissait la coupable mère seule et abandonnée dans ce village.

Elle avait en effet renvoyé sa suite comme nous l'avons dit, et éloigné toute ressource, tant elle était résolue à s'attacher aux fugitifs. Ces richesses et ces hommages auxquels elle avait tout sacrifié, qu'étaient-ils? Les aventuriers brûlent quelquefois leurs vaisseaux, quand ils veulent à tout prix s'assurer une conquête.

Depuis deux heures les hôteliers du Cygne-de-la-Croix n'entendaient plus retentir de pas dans leur chambre haute. Sûrs que leurs voyageurs n'avaient à réclamer d'eux aucun soin, ils allaient s'enfoncer eux-mêmes derrière la cloison en planches, espèce de buffet qui sert d'alcôve aux hôteliers de ce pays, quand une chaise de poste s'arrêta devant leur enseigne.

— Ouvrirons-nous, Bénédicte? fit le mari qui achevait de se déchausser, un pied posé encore sur les landiers de fer, tandis que la petite femme occupait déjà les trois quarts du lit du côté de la ruelle.

— Ma fine, non, dit-elle, voilà minuit :
cédons cette pratique au Grand-Cerf. La voisine dérouillera vitement sa porte, va! Il
faut bien lui laisser quelque chose à faire :
elle est veuve!

— Au nom de Monsieur le Préfet! cria le
postillon.

L'aubergiste remit sa culotte. Et ouvrit à
trois compagnons de route qui devaient avoir
eu de la peine à tenir dans l'étroite chaise à
deux roues qui les avait cahotés jusque-là.

— Mais nous n'avons plus trois lits de maître, dit la patronne décontenancée, et de la
place pour tant de monde comme il faut!

— Qu'à cela ne tienne, répondit le voyageur emboutonné jusqu'au menton et qui
semblait le chef des deux autres. Nous sommes envoyés en recrutement : il s'agit de la
remonte des chasseurs d'Alger, Madame; il
faut que nous soyons demain de bonne heure
à Saumur, et nous nous passerons de dormir.
Dormez pour nous, s'il vous plaît. Mais faute
de chambre, vous avez des verres peut-être?

Voyons, monsieur l'hôte, un morceau sous le pouce, du vin de Vouvray devant la braise de ce bon foyer, et nous remonterons ensuite en voiture.

— Vous êtes servi, Général, dit le patron en dressant une table à la hâte.

— Bien! Et vivent les cuisses d'oies confites! A propos... ce jeune homme que vous avez vu passer sur la route aujourd'hui, un enfant à la main, une boîte et un parasol sur le dos, c'est un de mes amis. Il est donc entré ici pour se rafraîchir?

— Il y est bien encore, dit l'aubergiste.

— De quoi? fit Bénédicte, comme inspirée d'un soupçon et jetant sur son mari un regard sévère. Tu crois que ces Messieurs te parlent de l'enfant à Jean Verdet qui était ici avec son oncle.

— Eh non! dit l'aubergiste, je parle du numéro 7. Mais il dort et j'en suis bien fâché, Messieurs, car ce piéton-là occupe une chambre à trois lits : c'était votre affaire.

Le général sourit, après avoir regardé son état-major.

— Qu'est-ce que tu chantes encore, Taupier ? reprit la femme. Ces pratiques-là sont
parties à la nuit tombante. Est-ce qu'ils n'en
avaient pas le droit? Est-ce qu'ils devaient
quelque chose à quelqu'un? Ils ont pris, au
débarcadère, l'Inexplosible à vapeur.

— Eh bien! dit l'un des arrivans qui saisit
un flambeau, s'ils sont partis, tant mieux! La
chambre qu'ils occupaient est vacante : à nous
le numéro 7. Allons la voir, capitaine.

— A droite de l'escalier, dit le maître : je
vais vous ouvrir, Messieurs.

— La clef ne se trouve point à sa place !

— Vos pélerins ne sont donc pas en route?
dit le principal voyageur : ils se seront enfermés chez eux.

— Je vais m'en assurer, foi de Taupier, dit
l'hôte qui redescendit aussitôt tout en emportant la chandelle.

Deux des voyageurs accompagnèrent l'hôte
comme pour l'aider dans ses recherches, et le
capitaine étant resté seul, prêta avidement
l'oreille et regarda avidement aussi autour de

lui dans les ténèbres. Un objet qui luisait à terre attirait son regard : il y porte le pied puis s'incline.. c'était une clef. Elle était là comme jetée par mégarde. Il la présente à la serrure, la serrure a tourné et cependant la porte ne cède pas.

— Des barricades ? se dit-il : dans la rue Transnonain nous en avons forcé d'autres.

Il poussa avec colère et le panneau supérieur se courbant seul un peu hors de l'aplomb du chambranle, lui permit de plonger dans la pièce un coup d'œil rapide et oblique. L'explorateur ne put distinguer nettement quel était l'obstacle opposé. Tout ce qu'il en pu voir lui fit dire :

— Ce sera notre Raphael tombé dans les vignes, ou quelque bon sac de farine qui se seront plantés là.

Puis il se baissa afin d'essayer encore d'apprécier autrement cette résistance : la terre était humide.

— Arrivez! arrivez! cria-t-il à ses compagnons descendus. J'ai la clef.

On rapporta la lumière.

— Qu'est-ce que vous avez de rouge sur les mains, Monsieur ? demanda l'aubergiste.

— S'il s'était tué pour nous échapper ! dit tranquillement le capitaine.

— N'avancez-donc pas de ces choses-là, fit Taupier : vous allez désachalander ma maison.

L'hôtesse arriva alors instinctivement au secours d'Arnold : et quand la porte encore poussée, mais avec toutes précautions qu'inspirait le soupçon d'un meurtre, eut cédé de quelques pouces, Bénédicte glissa dans l'ouverture son corps svelte et sa charité un peu curieuse.

— Sainte Vierge, une femme ! fit-elle ; une dame : et évanouie. Attendez que je la pose doucement ailleurs. Elle est blessée — Elle respire. — Elle est blessée à la tempe. — Est-elle belle !

— Une femme ? dit l'hôtelier avec l'accent du doute : dis plutôt un intrigant déguisé... le diable !

— Toute une bande de républicains ! s'écria un des voyageurs bien pensans.

— Et comment veux-tu qu'une femme soit entrée ici, toi?

— Vous vous trompez, Madame, répétèrent les autres.

— Je m'y connais peut-être, déclara Bénédicte.

— Elle serait donc tombée du ciel?

— Elle est assez belle et assez blanche pour cela!

— Mais ce n'est pas vrai! répéta Taupier avec entêtement.

— Ce serait merveilleux.

— Pourquoi? dit Bénédicte. N'y avait-il pas là tout à l'heure un jeune homme?

— Et le jeune homme n'est pas loin, fit observer le capitaine.

— Messieurs! je ne suis coupable de rien du tout! s'écriait le maître d'auberge: s'il y a quelque miracle ici, je m'en lave les mains.

— Qui est-ce qui t'accuse d'être sorcier, toi? Donne ta cravate plutôt, que je lui bande la tête. Entrez à présent, Messieurs. Voyez comme elle paraît souffrir. Il faut la secourir, cette chère dame ! tout de suite, voilà tout ce que je sais, moi. La reconnaissez-vous, quelqu'un ?

— Pas moi, dit un voyageur.

— Ni moi, dit un autre.

— Ni moi surtout ! cria Taupier.

— Hélas, ni moi non plus, avoua l'hôtesse.

— Eh bien !. je suis plus avancé, moi. Je la connais, affirma le capitaine.

Depuis un moment ce capitaine considérait la patiente en effet avec un étonnement qui n'était pas étranger à quelque satisfaction cruelle. — Allez bien vite réveiller l'officier de santé du pays, dit-il. Puis il congédia ses deux acolytes et resté seul avec l'hôtesse, il reprit doucement :

— Ayez en soin, Madame, le mari vous récompensera magnifiquement.

Ève ouvrit les yeux et prononça deux noms. Puis elle se dit à elle-même : Où suis-je ? Et reconnaissant ensuite le singulier garde-malade qui épiait à son chevet sa première

parole, elle rejeta sa tête du côté de l'hôtesse qui lui tenait les deux mains.

— Gerliez ! prononça-t-elle avec épou-
vante.

— J'ai mal fait, pensa le chevalier Gerliez,
de ne m'être pas caché derrière les rideaux
avant qu'elle reprît connaissance. J'aurais appris peut-être ce que je veux savoir, dans les
premières questions qu'elle n'eût pas manqué de faire.

Ce Gerliez, émissaire du comte et chargé
par lui sous l'autorisation de la police, de la
tâche importante de retrouver le fils, d'arrêter le ravisseur et subsidiairement de donner
des nouvelles de la comtesse s'il venait à
la rencontrer, était comme on a dû le prévoir, un homme trop expérimenté pour s'arrêter à faire des demandes insidieuses et à tendre un piége à la comtesse sur ce qu'elle pouvait savoir de la destinée d'Arnold. Il suffisait
à l'explorateur de sa certitude acquise de la
présence immédiate dans l'auberge du voyageur traqué pour espérer qu'il ne perdrait

plus ses traces et l'aurait bientôt en sa puissance. Il ne différa donc pas une heure d'envoyer à sa poursuite, et par deux routes différentes, les deux aides qu'il s'était adjoints. Pour lui-même il se réserva, comme étant le rôle le plus digne de sa croix d'honneur et le moins périlleux à jouer, la mission de reconduire à Paris l'épouse errante et de la réintégrer au domicile conjugal.

— Madame, lui dit-il, après l'effet d'une bienfaisante saignée et quand un appareil eut déjà convenablement cicatrisé le beau front, nous nous ennuyons, n'est-ce pas, tous deux dans cette auberge de campagne?

— Qu'y a-t-il de commun entre vous et moi, Monsieur!

— L'émulation de plaire à M. le comte, Madame. Je me félicite du hasard qui m'a amené dans un gîte où je vois qu'il manque les choses les plus nécessaires à votre retour.

— Qu'est-ce?

Des gens, un équipage par exemple, et une volonté bien précise. Je suis heureux de pouvoir vous procurer tout cela...

— Monsieur !

— ... au nom du noble comte, se reprit-il.

— Je ne suis nullement disposée à me mettre en voyage.

— Je sais trop, Madame, ce que je dois aux convenances pour souffrir qu'une personne de votre distinction reste ainsi exposée loin de sa famille à des hasards et des mécomptes.

— Mais vous ai-je demandé votre protection, Monsieur ?

— Je ne devais pas attendre jusque-là pour vous l'offrir. Demander n'est pas votre rôle, Madame : vous pouvez, vous devez accorder une grâce, jamais la solliciter. La voiture est prête.

— Attenteriez-vous à ma liberté ?

— Disposez plutôt de la mienne.

— Et si j'usais de ma liberté, malgré vous ?

— J'en serais désespéré, Madame. Voilà votre manteau.

— Qui vous donne le droit d'insister autant ?

— La poli... la politesse, Madame, et votre propre sollicitude pour un époux qui se meurt d'impatience.

— Vous croyez?

Tant d'insolence, au lieu d'exaspérer la
comtesse, la désarma par le sentiment du mépris. Il y a des degrés après lesquels certains
procédés perdent le droit de blesser. Dépas-
ser le but n'est pas l'atteindre. L'absurde ne
choque guère, et les tyrans sont rarement
dangereux. Et puis faire un instrument de
cet homme pour ses résolutions nouvelles et
secrètes, paraître lui céder, être opprimée à
son profit, sembla plus féminin et plus habile
à la comtesse. N'empêcher plus Arnold de
retourner à l'abbaye était bien dur pour ses
sentimens jaloux, mais compromettre elle-
même la liberté de l'ingrat après l'avoir tant
défendu, était une extrémité plus odieuse et
contraire à ses propres intérêts. Elle se résigna donc en espérant de meilleures chances d'un très prochain avenir. D'ailleurs,
abandonnée à quatre-vingts lieues de Paris,
que faire pour l'accomplissement des desseins
qui fermentaient déjà dans sa tête? Paris re-
devenait le centre des négociations à repren-

dre, il fallait y rentrer, et Ève parut s'y laisser reconduire en captive, quand elle y revenait l'espérance, la vengeance, et surtout l'amour dans le cœur.

Lorsque la chaise, qui avait attendu à Villejuif une heure bienséante pour traverser Paris, entra enfin dans la cour de l'hôtel à la nuit tombante, portant les deux étranges compagnons qui s'y tournaient le dos, le comte qui reconnut le poudreux équipage descendit. Il s'attendait à en voir éclore l'objet de toutes ses souffrances paternelles. Il se fit aider à ouvrir lui-même la portière.

— Cher enfant! dit-il, mon espoir! Vous me le ramenez ce Benjamin!

Et quand, au lieu de l'héritier présomptif, il reconnut sa femme :

— Je vous croyais dans votre appartement, Madame. Ah! vous étiez en voyage! Vous avez fait discrètement de profiter pour votre retour de la compagnie de Monsieur. Bon soir.

Ève ne pensa pas même qu'on pût répondre et se hâta d'aller s'informer de l'état de sa mère.

— Mais l'autre? dit le pair de France au chevalier, le principal?

— Il viendra un peu plus tard.

— En attendant, vous n'avez donc rien fait?

— Je vous ramène...

— Maladroit!

Et le sénateur tourna le dos à son chargé d'affaires.

La baronne d'Alviane était dangereusement malade. Elle semblait n'attendre que la présence de sa fille pour prendre congé de ce monde. Mais ce qu'on pourrait être loin de supposer, l'auteur de tant de maux, la corruptrice et presque la meurtrière succombait sans terreur et sans remords. Elle avait été souvent confessée depuis un mois. Puis, exempte d'inquiétudes sur la haute position de sa fille, elle avait légué à l'église les débris d'une fortune qu'elle avait un peu restaurée depuis cinq ans. On lui avait fait une conscience paisible. De factices pardons lui

entr'ouvraient déjà un paradis complaisant.
L'abbé Andreuze, directeur de la vieille dame,
n'arrêtait pas son zèle à rassurer cette pécheresse compromise, il désirait convertir Ève ;
et quoique dans un ou deux entretiens avec
la comtesse il eut produit peu d'effet sur son
esprit, il ne parlait jamais d'elle qu'avec un
zèle de prosélytisme singulier. C'est lui qui
la reçut au pied du lit de sa mère.

Devant Mme d'Alviane l'abbé quoique indulgent, est ordinairement sérieux et grave ;
mais s'il s'occupe de la future pénitente, sa
voix s'évangélise. Puis ses yeux un moment
élevés au ciel s'empressent à revenir sur la
terre. Il y a dans les louanges qu'il adresse
à des vertus qu'il brûle de développer je ne
sais quoi d'humain qu'il semble dédier à des
objets saisissables. La beauté qu'il trouve à
cette ame égarée se traduit sur son visage
par l'admiration du vase qui renferme cette
ame. Ce saint, que nous aurons d'autres occasions de connaitre, a pour dessiner son enthousiasme une pantomime aux harmonieux

contours. S'il vante la pudeur de la jeune dame,
c'est avec un geste arrondi et caressant; il
l'exalte pure et la fait voir belle. Dans les
trésors qu'il analyse du caractère, vous entre-
voyez les perfections de la taille. On sent que
la néophyte dont le salut intéresse M. l'abbé,
ne peut être qu'une femme rose et blanche.

Ève prodiguait à sa mère des soins em-
pressés et un infatigable dévouement; mais
elle lui refusa toute confidence intime quand
elle fut interrogée sur ses projets d'avenir et le
sort de son fils. Au lieu de la reconnaissance
dont la baronne demandait et attendait ce témoignage suprême, Ève se renferma dans un
silence où il entrait plus de respect pour elle-
même et son caractère filial que de vénéra-
tion pour l'auteur de ses jours. Elle eut besoin de se souvenir que les maux qu'on lui
avait faits provenaient d'un attachement aveugle et d'une ambition insensée pour qu'il ne
lui échappât pas quelque plainte en réponse
aux éloges que s'attribuait à elle-même sur
le passé l'imprudente et coupable femme. La

plus éclatante preuve de respect qu'Ève crut
pouvoir donner à la baronne fut de s'abstenir
de lui déclarer : — La fortune que vous m'avez
contrainte à chercher ne mène à rien ; je n'ai
gagné à être vile que des remords. Si j'eusse
suivi mon cœur au lieu de me laisser subor-
donner à l'opinion du monde, je ne serais pas
obligée aujourd'hui de lutter contre un sort
misérable et absurde ; et réduite peut-être à
ne pouvoir rentrer dans le sentier de la vertu
qu'en essayant des efforts criminels et des
attentats nouveaux.

Les derniers momens de la baronne édifiè-
rent M. l'archevêque de Paris. Tout le quartier la regarda comme une bienheureuse. Le
salut de son ame et l'exemple de sa vie furent
recommandés au prône. Le comte d'Hacmon
voulut suivre à pied le convoi magnifique.
Si peu de pauvres et peu de larmes se firent
remarquer pendant la cérémonie, il n'y
manqua ni chants ecclésiastiques, ni carrosses
vides, ni laquais en livrées. Vous pouvez voir
au Mont-Louis le fastueux tombeau qui s'é-

lève à la mémoire de la baronne d'Alviane :
il est à l'angle oriental du simple gazon qui
recouvre Mme de Lavalette.

Ève était si malheureuse du refus qu'avait
fait Arnold de lui laisser partager sa misère,
si irritée du retour au village voisin de l'abbaye, qu'un jour elle finit par répondre aux
obsessions du Comte, tantôt menaçant et
tantôt réduit aux supplications.

— Eh bien! je vous rendrai mon fils!

Cette résolution lui était inspirée par la jalousie. Elle voulait frapper à son tour l'ingrat qu'elle croyait épris d'Hélène, parce
qu'elle avait surpris le secret de cette jeune
fille avant que l'innocente le soupçonnât
elle-même. En observant autrefois Arnold
dans cette solitude, Ève l'avait trouvé bien
distrait à ne pas s'apercevoir de sa présence.
Elle l'avait vu oublier tout un jour ses
pinceaux et jusqu'aux soins qu'il prenait si
assidument de son fils. — Il lui donnera une
autre mère, pensa-t-elle, si ce n'est devant
l'autel, ce sera par adoption. Peut-il se passer

toujours des soins d'une femme pour cet enfant? Et quand. ils lui sont si nécessaires, il me repousse, moi! Que n'ai-je pas à redouter? Il faut l'affranchir d'une nécessité qu'il finira par considérer comme un devoir.

Elle prit donc alors pour enlever Léo des mesures avec toute l'habileté qu'elle avait mise jusqu'à présent à le préserver des piéges d'autrui. Elle seule était son véritable sauveur. Quand la protectrice devint assaillante, elle sut mieux que personne triompher des surveillans. Deux instincts : celui de la maternité et celui de la vengeance la servaient. Avons-nous besoin de dire par quels moyens elle arriva en peu de semaines à ses fins, et comment elle parvint à reprendre à son tour le pauvre enfant? Léo fut ramené au domicile prétendu paternel, et Ève ne prit contre le désespoir d'Arnold, qu'une précaution : celle de l'avertir qu'elle était le ravisseur, et que tous ses efforts seraient inutiles pour le reconquérir désormais autrement que par ses intelligences avec elle.

Léo pleura, refusa les caresses et la nourriture, blessa même involontairement dans ses résistances, le sénateur qui voulait gagner sa bienveillance et lui montrer la sienne. Il adressa innocemment à sa mère des plaintes qui lui déchirèrent le cœur. — Oh! cruel, lui disait-elle tout bas en le couvrant de baisers et de larmes, est-ce à ton innocence que Dieu a confié le soin de me punir? Qui te dicte donc les paroles chagrines et amères dont tu ne peux toi-même comprendre le sens? Es-tu le vengeur que la Providence a choisi pour frapper la coupable mère?

Cette situation contre nature ne pouvait durer long-temps. Elle devait aigrir et exaspérer encore un caractère de femme qui avait en tout manqué de mesure et de résignation. Il s'était développé en elle une ame : trésor de tourmens qu'elle avait peu fouillé encore. Et où trouver à ce destin une force de résistance? de qui implorer un secours? Ève était frappée d'une si profonde infirmité morale! Elle ne croyait pas en Dieu. Dans sa jeunesse impérieuse et gâtée, elle n'avait fait aucun apprentissage du malheur. On lui avait pour ainsi dire adouci, trituré les événemens, mâché l'existence enfantine et elle n'était nullement préparée à combattre. Les disciples élevés à l'école de l'infortune, savent supporter un revers nouveau : la tempête est moins puissante sur un sol qu'a endurci l'hiver ; mais dans un bourgeon frêle, un seul coup des souffles du nord tue la feuille, la fleur et les fruits.

Un matin Ève entra chez le comte sans l'avoir prévenu ni s'être fait annoncer : et M. d'Hacmon la reçut presque affectueusement, par une disposition affectée ou vraie de son humeur. Il était si changé depuis qu'il avait été remis en possession de son héritier ! Et puis, les habits de deuil qui couvraient la comtesse, donnaient aussi à sa démarche et à sa beauté une solennité dont le vieillard ne sut pas lui-même se défendre.

XVII

Le Duel.

Mélusine, aimée du comte de Poitiers, était une belle femme dans la partie supérieure de son corps. La par inférieure était un serpent. Heureux homme! dont la maîtresse n'était serpent qu'à moitié!

H. Heine.

— Eh! entrez, madame la Comtesse. Soyez la bienvenue. Il est charitable à vous de venir presque au chevet d'un malade. Mais la charité et la grâce vont toujours de compagnie! Prenez donc un siége.

Ève était déjà assise.

— Que m'annonce, poursuivit le comte,

l'agréable surprise de cette visite? Avez-vous quelque goût capricieux à satisfaire?

— Ce que je veux, Monsieur, dit Ève un peu pâle, mais calme et résolue, je le veux de toutes les puissances qui font réussir.

— Parlez. Je vous dois le retour de mon fils et je n'ai rien à refuser à vos instances que j'aurais voulu deviner. Je serai heureux de déférer à vos ordres.

— Je viens vous parler d'affaires.

— Tant mieux ! Enfin, vous êtes gracieuse et raisonnable. Nos discussions ne recommenceront plus, j'espère; et vous comprenez que la vie de cet hôtel vaut bien le hasard de courir les champs.

Le laisser-aller de cette allusion était railleur, mais il fut adouci par une grimace que le pair de France croyait un sourire.

— Je vous ai rendu Léo... Daniel, veux-je dire, poursuivit Ève; j'ai montré pour vous toute ma condescendance, j'espère que vous n'en serez point avare envers moi.

— Et vous avez raison de le croire. Il ne

serait pas juste que vous eussiez un vœu à former quand les miens sont tous accomplis ; car tout me sourit maintenant, Madame, et je suis heureux de vivre pour voir repousser leur absurde loi contre l'hérédité. Je crois que c'est mardi prochain que nous en ferons justice. Ainsi, de tous côtés la paix.

Ève s'étonna.

— Une trève n'est pas toujours la paix, Monsieur.

— Elle la présage du moins. — Salem ! vous ne laisserez monter personne. — Voulez-vous me faire la grâce, madame la Comtesse, de prendre le thé avec moi ?

Ève n'opposa aucun refus, et le comte donna ordre sur-le-champ de préparer tout ce qu'il fallait. Dès que le valet fut sorti :

— Je ne saurais, reprit Ève, supporter plus long-temps la vie, telle que nous nous la sommes faite, Monsieur. Avez-vous toujours l'intention d'attenter à ma liberté ? Je la redemande au nom de l'abandon complet de tous les avantages attachés à votre rang. Si j'eus des torts, vous m'avez accusée d'un meurtre : j'ai tout fait restituer et nous sommes quittes. Maintenant je vous demande encore si vous avez l'intention de me retenir en esclavage?

— Croyez-vous qu'on puisse renoncer, dit galamment le comte, au trésor qu'on possède, quand ce trésor est vous?

— Point d'hypocrisie, Monsieur. Si vous persistez à m'opprimer au nom des lois, je prétends m'armer pour ma propre défense.

— Et moi, ne pourrai-je pas toujours, mauvaise, invoquer les événemens passés? dit le comte, qui voulait donner à l'entretien un tour familier; me faire appuyer de l'autorité, de la justice? Renoncez à vos chimères. Quelle couleur de chevaux et quelle livrée voulez-vous choisir pour le Longchamps qui s'approche?

— L'autorité! dit Ève profondément irritée. Et vous avez pu croire, Monsieur, que je consentirais à subir éternellement une pareille menace? à vivre sous cette épée suspendue, à attendre impassiblement les chances incertaines d'une destinée semblable?

— Ma longanimité, Madame, et ma bonté sont connues...

— Je n'en veux pas. Je viens vous proposer de trancher entre nous un différent où notre vie est engagée misérablement depuis cinq longues années. Il est temps d'éteindre cette inimitié. Ma mère n'est plus, Monsieur, mon fils n'est pas seul au monde; mon appui n'est nécessaire à personne, je ne dois compte à qui que ce soit de mon existence et je me crois libre d'en disposer.

— Voulez-vous, dit le comte, que notre enfant soit élevé dans un lycée, ou par un précepteur à domicile? L'éducation publique est bien chanceuse et engendre des goûts communs; un instituteur est une tradition des grandes familles...

—Dans la position où nous voilà, monsieur le Comte, dit Ève poursuivant son idée, il n'y a rien à espérer pour vous ni pour moi de l'avenir. Affranchissons-nous. A quoi serait bon une épreuve déjà longue de dissimulation et de haine, si ce n'était enfin à amener cette liberté ? Je ne veux plus d'une demi-existence. Je ne suis pas la fausse mère qui se trahit devant le juge, et consentit à n'avoir que la moitié de son enfant.

— Que me proposez-vous donc ? une séparation immorale, quelque récrimination judiciaire ?

— Non. J'ai réfléchi sur ce que vous m'avez dit une fois : le scandale des tribunaux laisse une plaie, je veux les guérir toutes. L'abnégation vaut mieux que le bruit : la mort civile a plus d'inconvéniens que la mort véritable. Un jugement laisse des cicatrices, la mort n'en laisse pas.

— La mort, la mort ! Quelle complaisance à répéter ce triste mot !

— En avez-vous peur ?

— Eh ! mais...

— Évitons, Monsieur, les épines judiciaires. Que le fils que vous voulez garder ne soit pas flétri dans son avenir par des dissensions de famille. Les procès attribuent à chacun des époux des torts publics ou cachés, des crimes, des bassesses réciproques, suivons une autre voie. Il est une justice plus morale, Monsieur ; il est une institution précieuse : équité supérieure aux lois et qui supplée souvent à leur insuffisance. Invoquons-là. Le voulez-vous ?

— Je saisis mal votre idée.

— Échappons l'un ou l'autre à un sort inacceptable. Notre existence en même temps sur la terre est absurde. Que l'un de nous y soit heureux. Si je suis condamnée par le sort je ne veux pas troubler votre bien-être : je ne veux pas être la ronce, qui ne pouvant boire, se courbe sur la fontaine pour empêcher de s'y désaltérer.

— Je ne vous comprends pas encore, Madame, malgré mes efforts pour le faire, dit le comte. Vous parlez d'égalité et vous oubliez que je suis le maître.

— Ève frémit à ce mot que la loi du plus fort imposait à sa résistance.

— Maître ! répéta-t-elle, les dents serrées.

— Et fort décidé, Madame, à ne jamais me départir de mon droit. Ignorez-vous que vous êtes obligée, non seulement d'habiter ici avec moi, mais à me suivre partout où je jugerai à propos de résider?

— Honte et despotisme!

— Et cependant, acheva le comte, je consentirais à tout ce qui est juste.

— Je vous prends au mot, Monsieur.

Et elle détourna la tête pour s'assurer, en portant furtivement la main à sa poitrine, qu'elle n'avait rien oublié en entrant là.

Le valet de chambre revint et suspendit la conversation. Il apportait un plateau, brillant de cristal, de porcelaine et de vermeil. Il alluma l'esprit de vin qui tient l'eau en ébullition constante, et se retira dès qu'il vit la comtesse se lever pour donner elle-même ses soins au déjeuner conjugal.

— Charmante! dit le vieux courtisan qui tout à l'heure prononçait avec menace : Je suis votre maître! Présidez à tout, je vous en prie. Personne mieux que vous n'a les traditions anglaises : et quand vous avez fait le thé, rien n'y manque.

Ève prit les minutieuses précautions sans lesquelles ce breuvage est sans délicatesse de saveur, et le comte pendant ce temps parcourait une gazette qu'il avait demandé la permission d'achever.

. Ève l'observait de l'œil avec calme. Elle termina tous ses soins sans se presser, sucra inégalement deux tasses pareilles, les avança sur la même ligne pour laisser courtoisement choisir le comte, et s'apercevant qu'il lisait encore elle alla au fond de l'appartement s'accouder sur l'appui d'une fenêtre ouverte.

Un rayon du soleil matinal invitait à s'avancer sur le balcon. Il y avait au bas, dans le jardin de l'hôtel, des primevères qui commençaient à étoiler le gazon. Un merle jaseur courait sous les marronniers dont les bourgeons s'engluaient déjà de leur sève visqueuse. Les plus jeunes scions du tilleul étaient rouges comme une flamme; enfin tout ce qui révèle dans les murs de Paris la tardive arrivée du printemps était sous les yeux d'Ève. Elle soupira devant cette renais-

sance de la nature et se souvint tout à coup
avec une indicible émotion que ce jour était
l'anniversaire du voyage qu'elle avait accompli à Saint-Cloud sur la Pirogue Française.

— Eh bien, Madame, dit le comte en élevant un peu la voix, vous ne venez pas ?
Laissez-vous votre thé se refroidir ?

— Vous vous êtes donc servi ? dit-elle.
Me voilà, Monsieur.

Et elle vida à son tour et d'un seul trait
l'autre tasse, puis elle reprit la conversation.

— Achevons, s'il vous plaît, cette conférence. - Ce que je vous proposais, Monsieur,
je vais vous le faire comprendre à présent.

— En résultat voyons, dit le comte : abrégeons les préambules et dites-moi tout de
suite quelle est votre ambition.

— C'est que l'un de nous deux, comme je
l'ai dit Monsieur, cède ici-bas sa place à l'autre.

— C'est bien solennel ! Et qui déciderait lequel de nous deux doit abandonner ses droits ?

— Le sort.

— Comment cela ? sourit le comte fier de

son pouvoir légal jusqu'à la fatuité. S'agirait-il de recourir aux armes? Est-ce que c'est un duel que vous me proposez?

— Pourquoi non ? C'est ce qu'on appelle, M. le Comte, le jugement de Dieu. Tout ce qui est désaccord finit par un combat. Les animaux pratiquent cet instinct. Ce qui distingue les hommes, c'est l'équité des chances à régler le procès. Eh! qu'est-ce donc que le mariage, si ce n'est un duel de toutes les heures ? Seulement ce combat est lâche, et la justice que je veux tenter d'obtenir a plus d'impartialité. Le mariage blesse, épuise, défigure les deux adversaires et les livre à mille étrangers qui agrandissent les blessures. C'est la faute de vos codes. L'épreuve que je propose termine tout, et cette lutte est plus humaine : car on veut bien mourir, n'est-ce pas? mais non subir les huées du cirque et l'ignoble coup de pied des moqueurs.

Le comte sourit encore avec supériorité.

— Pourquoi raillez-vous, Monsieur? je

parle ici de la plus noble et de la plus utile de vos institutions : celle qui domine vos lois, ajouta-t-elle avec une certaine emphase de discussion presque pédante. Elle est la garantie de l'honneur, elle rétablit l'égalité. Si elle n'eût été qu'un préjugé, elle tombait à cette époque de lumières : elle résiste. Cette institution est indéracinable.

— Épargnez-vous donc, Madame, les paradoxes de Rousseau et ne répétez pas tout ce qui a été dit après lui par les singes philosophes. Croyez-vous par hasard que je consentirais à mettre en question mes droits acquis ?

— Vous ne pourriez peut-être vous y refuser, Monsieur ; et en dépit de vous-même. Il y aurait entre nous plus qu'égalité dans les chances. Mon enjeu vaut apparemment le vôtre. Vous êtes riche, poursuivit Ève qui voulait gagner du temps, et je suis jeune ; pair de France, et ils disent que je suis belle. A vous déjà la vie échappée assez ennuyeuse et laide ; l'avenir tout entier est encore à moi. Si la partie vous semblait inégale, où le désavantage serait-il? Le contrat nouveau, Monsieur, est moins disproportionné que l'ancien; notre désunion est plus rationnelle que notre alliance. Séparons-nous loyalement.

—Singulière négociation ! Je suis vraiment curieux, dit le comte, de voir où vont tous ces sophismes-là.

Ève s'était levée.

— La moitié des rencontres peut-être est moins justifiée et moins nécessaire que la nôtre. Deux hommes ont échangé un mot équivoque qui se confient à cet arrêt du sort : et nous qui n'avons pu vivre ensemble ne chercherions pas à nous affranchir d'un ennemi mortel. Pourquoi deux infortunes ? n'est-ce pas trop d'une ? Ce pacte est équitable. L'un de nous aura l'avenir et l'autre la consolation d'avoir été agréable une fois à son vainqueur. Ne faut-il, Monsieur, ni vivre ni laisser vivre ? C'est un état de choses qui blesse les lois divines.

— Toujours votre thèse, Docteur ; mais vous devenez prolixe.

— J'ai mes raisons pour l'être. Ce dénouement est excusé par une loi générale : la nécessité, et il est plus innocent je le répète que
la moitié des luttes qui honorent deux rivaux
ordinaires.

— Et vous auriez, dit le comte, des témoins, des sabres, des pistolets ?

— Des témoins ! à quoi bon ? Les témoins
sont invoqués comme une garantie de la
bonne foi des adversaires ; mais ici c'est une
précaution superflue. Més témoins sont les
peines que j'ai endurées, c'est la loyauté de
ma cause. Vos seconds sont les accusations
d'infamie que vous avez laissées planer sur ma
tête. Quant aux armes dont vous parlez, elles
sont ordinairement inégales. N'avez-vous pas
remarqué qu'il y a toujours un des champions
dont l'habileté froide ou le lâche sang-froid
met le péril d'un seul côté ? Moi, j'invoquerai
des chances plus généreuses et plus décisives.
Une épée peut blesser sans rien conclure,
une balle défigurer sans apporter un dénouement : je ne veux point courir ce risque stérile

et jouer ma vie à moitié. L'éclat est inutile et trop d'appareil ridicule.

— Vous êtes donc brave sans vanité?

— Ne peut-on, sans faste en effet, disposer de si peu de chose que la vie? confier sa cause aux chances de ce hasard que Dieu dirige toujours un peu.

— Et comment?

— Mais, par exemple, s'en remettre au sort lui seul; voir qui cessera de lui-même d'être un obstacle à la destinée de l'autre.

— Et vous connaissez, dit le comte, un moyen, une raison assez forte, un courage assez bête pour décider un être vivant à se passer au travers du corps un morceau d'acier par le motif unique qu'il n'aura pas rencontré la plus belle lettre sur la page d'un livre? Je vous écoute avec pitié.

— Qu'est-il besoin de cet enfantillage? continua Ève en souriant : et pourquoi engager cette lutte en effet entre notre valeur et le vil instinct de la conservation? Sans développer cette résolution un peu stoïque, je l'avoue, je ferai avec vous, monsieur le Comte, le marché dont je parle, quand vous voudrez.

— Et je n'accepterai jamais.

— Vous croyez?

— Les Donquichottes femelles et les redresseurs de torts en jupons, sont particulièrement risibles.

— On pourrait changer l'inconvénient de cette gaieté-là, dit Ève, en des préoccupations plus graves, Monsieur. Opprimée comme je le suis par vos dénis de justice, contrainte sous l'absurdité du joug que je porte et l'éternelle menace de vos dénonciations, je puis user d'un droit de légitime défense.

— Et vous me forceriez à un combat en vous passant donc de mon consentement?

— Si vous aviez accepté déjà!......

— Sans le savoir?

— Eh, mon Dieu! la mort n'a pas toujours un appareil formidable, Monsieur. Elle approche quelquefois sous des formes très bourgeoises, se glisse sous des apparences pacifiques.

— Que prétendez-vous m'annoncer, insista le comte devenu enfin évidemment troublé.

— Que le choix de nos armes est accompli, Monsieur, le lieu trouvé, l'heure venue... et passée. Oui, Monsieur ! le sort intervient entre nous ; et au moment où vous délibérez encore...

— Achevez cette fatigante énigme.

— Il a prononcé.

Il y eut un moment de silence. Le comte ne savait plus ou n'osait plus que demander. Il sentait l'instinct de la peur s'insinuer dans ses membres froids. Ève, qui avait mis une lenteur affectée dans les détails de toute cette conversation, eut pitié de son angoisse.

— Il y avait là, dit-elle d'une voix calme, dans l'une de ces deux coupes de porcelaine...

— Du poison ? malheureuse !

— J'ignore dans laquelle.

— Mais Madame...

— Et vous avez choisi.

— Du poison ?. c'est impossible ! que dites-vous là !

— Et il est dans mon sein, ou dans le vôtre, Monsieur.

— Cela ne se peut point! Avouez que c'est un affreux jeu de votre dépravation insensée...

— Et dans quelques minutes, l'un de nous sera délivré du malheur d'affliger l'autre.

— Grand Dieu!

— Oh! point de bruit, mon noble maître. Pourquoi pâlissez-vous? Vous voulez, je crois, appeler du secours? Et qui vous a dit que le mauvais lot vous ait été départi? Éprouveriez-vous, demanda-t-elle en hésitant, éprouveriez-vous quelque souffrance?

— Je crois que non... mais...

Et le comte s'élançant pour sortir ne put trouver ou tourner le bouton qui résistait sous sa main.

— Vous avez fermé les portes, Madame !

— Nullement. Cette précaution est inutile, allez. Il n'y a point de secours contre le terrible libérateur que l'un de nous enferme dans ses veines.

Et le front d'Ève se décolora.

Le comte porta vivement et par un geste instinctif la main sur sa poitrine ; il toussa fortement, courut interroger sa figure dans un miroir : il se trouva les yeux fixes. Le bord de ses paupières devint rouge, il s'attendrit sur lui-même, puis croyant enfin sentir une première atteinte...

— Au secours ! cria-t-il. Du contre-poison !

— Pourquoi ? dit Ève. Ce n'est pas la peine ; car... c'est moi... qui suis désignée par la justice du ciel. Je le sens.

— Vous ! Madame ?

— Oui. Je crois... je brûle, je souffre !.

Le vieillard s'arrêta, les yeux ouverts démesurément par une affreuse joie.

— Ah !. soupira-t-il avec un râlement prolongé de son souffle, qui signifiait : Dieu soit loué !

Il regardait avec espoir la pâleur de sa femme, car il la savait capable d'avoir exécuté ce dessein. Puis, par une réflexion toute subite, il ajouta :

— Laissez-moi, laissez-moi appeler du secours !

— Non, Monsieur, un seul de nous doit sortir d'ici, et je suis décidée à mourir.

— Eh! qu'importe!

— Nul ne peut me retenir... Il ne m'aime pas, Monsieur!

— Il s'agit bien de cela! dit le comte, et de vous sauver la vie. Il s'agit d'empêcher les soupçons de s'établir sur moi. Ne pourrait-on pas m'accuser de votre suicide? Au secours! au secours!

— J'ai fait mon testament, dit Ève: soyez donc tranquille, Monsieur. Nul ne vous inquiétera. Adieu. Ne faites point rejaillir aux yeux du monde une tache de plus sur la mère de Daniel.

Et elle tomba sur un fauteuil.

On accourut. On alla chercher le docteur Perricault. Il voulut pratiquer une saignée au premier moment; Ève repoussa ce moyen efficace et aggrava ainsi sa position.

— Heureusement, dit le médecin à son habile confrère appelé en consultation, la dose

était trop exagérée ; son faible estomac a
rejeté tant d'affreux poison'. Nous la sauve-
rons peut-être ; mais je n'espère pas que son
tempérament puisse résister long-temps à
cette secousse : elle a dû ébranler et détruire
cette délicate existence.

— Il y aura, dit l'autre, désorganisation
de l'estomac, de nombreuses érosions auront
dû marquer l'action produite par la substance
vénéneuse, et l'estomac doit être cautérisé
comme par un fer incandescent. Mais il flotte
encore dans son sang du poison absorbé, il
faudrait ouvrir la veine.

— Je n'ai pu réussir à la décider, dit tris-
tement Perricault.

Le soir, le dévoué docteur qui était décidé
à veiller la mourante, parcourait au pied de
son lit la longue liste des visiteurs qui s'é-
taient fait inscrire à la porte de l'hôtel.
Arnold, errant dans Paris pour les intérêts
d'Hélène et d'Avenel, avait su le premier
que la comtesse d'Hacmon était en péril et
il avait trouvé moyen de venir glisser son

nom sur le registre. Perricault le montra du
doigt à la rebelle à la faveur d'une lampe
qui reposait sur le somno. Ève ne put compri-
mer une larme, et tendit son beau bras nu
au vieux chirurgien.

* * * * *

Le pair de France s'était mis au lit de lui-
même en même temps qu'on y portait la
comtesse. Il se croyait plus souffrant qu'elle
et peut-être n'était-il pas loin d'avoir raison.
La peur est aussi une maladie, et au point où
elle grandissait et montait en lui depuis son
danger passé, elle pouvait devenir une crise
alarmante pour sa vie. D'ailleurs il n'y a pas
de maux imaginaires ; on a le mal qu'on croit
avoir et l'esprit est le siége de toutes les in-
firmités qui triomphent enfin de nos forces.
Loin d'imiter la bizarre coutume de ces sauvages de Tartarie qui se font soigner pour
leurs femmes, s'alitent quand elles sont en
mal d'enfant et boivent pour elles les po-
tions fortifiantes, le comte d'Hacmon était en

proie à une véritable fièvre avec ses frissons
et ses redoublemens.

— Concevez-vous, disait-il à son médecin
particulier, lequel n'était pas celui de la comtesse, que j'aie été si près de ma fin! que j'aie,
à mon insu, couru de pareilles chances! Enfin je n'étais séparé du trépas que par l'épaisseur d'un cheveu. Que j'eusse pris la tasse
à droite au lieu de choisir la tasse à gauche,
c'en était fait de moi et de mon nom! Il y a de
quoi faire dresser les cheveux sur la tête rien
qu'en revenant par le souvenir sur les traces
où j'ai passé. Quelle chance! Que de grâces
à rendre à mon étoile et à mon adresse!
Mais, croyez-vous, docteur, que les émana-
tions de cette substance n'aient pas pu cor-
rompre l'air que j'ai respiré pendant deux
heures? que cette liqueur qui a touché presque celle que j'ai bue n'ait pas pu traverser
l'épaisseur du vase voisin? la porcelaine est
transparente et poreuse! D'où viennent donc
les coliques dont je me sens de temps à autre
traverser les intestins comme par des éclairs?

— Eh pardieu ! de votre émotion, dit l'Hippocrate. Il faut vous calmer ; car je ne répondrais pas des conséquences de cette panique si vous ne la réprimez bientôt. Et l'on m'a dit que vous aviez besoin de votre santé, de vos jambes, de votre tête pour vous rendre mardi prochain à la chambre haute ?

— C'est vrai ! dit le plaintif dignitaire en se laissant aller sur lui-même à un profond attendrissement. Trouvez-moi donc une habile garde-malade : car la présence de mes gens, au lieu de me distraire, me rappelle tous les périls que j'ai courus depuis trois mois. Une figure nouvelle conjurera les spectres qui m'entourent. Je ne veux pas être laissé seul la nuit en présence de ces abominables cauchemars.

— Je vons enverrai une sœur de charité, dit le docteur.

— On a sans doute donné du contre-poison à cette malheureuse ? j'en voudrais avoir également. Ne pensez-vous pas qu'il serait prudent de m'en administrer une dose ?

— Cela ne peut faire aucun mal, dit le docteur.

— Écrivez l'ordonnance. Ah ça! je compte sur votre discrétion absolue, mon cher. Il est arrêté qu'aucun mot ne vous échappera dans le monde sur ces malheureux secrets de famille.

— Votre Seigneurie sait bien que les médecins sont discrets comme les confesseurs.

— Et vous êtes bien sûr des confesseurs?

— Prenez du repos et de la tisane.

— Si par précaution, vous m'établissiez quelque exutoire?

— Pratiquez les bains; il faut toujours combattre chez vous la propension du sang à vous monter à la tête. Je reviendrai au point du jour.

Le comte était de bonne foi dans les craintes qu'on ébruitât les événemens qui compromettaient la comtesse. Il eût voulu même qu'on la sauvât, car il ne croyait plus à la possibilité d'un attentat nouveau de sa part: il savait que ceux qui ont vu la mort de près et qu'on arrache à un suicide ne retombent

jamais dans cet égarement. Il était fort décidé
d'ailleurs à habiter un hôtel à part. Mais enfin cette femme était sa femme, et toute dangereuse que fût cette propriété, c'était la
sienne. Fallait-il la compromettre aux yeux
d'une société qui rend le mari solidaire? Ce
géronte d'ailleurs ne s'était jamais arrangé
pour vivre seul avec un enfant et jamais, à
cause de la jeunesse d'Ève, la résignation
d'être veuf n'avait passé par sa tête. Cela déran-
geait son établissement. Un égoïste n'est pas
toujours un mauvais mari. Il soigne sa femme
non parce qu'elle est aimable, spirituelle ou
bonne, mais parce qu'elle est à lui. Il la
choie parce qu'elle lui porterait dommage en
mourant : il aurait quelque chose de moins.
Il achètera des bijoux pour la parer, comme
on orne ou répare une maison. S'il la
nourrit plantureusement, c'est afin qu'elle
ne fasse pas disparate avec ses chevaux et sa
meute. Il veut qu'elle ait bon air comme tout
ce qui lui appartient. Sur sa liberté d'ailleurs
le mari était résolu à ne plus gêner la com-

tesse pourvu que ses affections et sa manière
de vivre ne blessassent point le décorum.
N'avait-il pas son héritier? Ne touchait-il pas
au terme législatif où la splendeur de son
avenir allait être réédifiée? Quelquefois le
vote de la Chambre des députés, frappant
déjà ses chers priviléges, venait bien se mêler
parmi les fantômes de ses nuits; mais la
chambre haute, se répétait-il, est trop inté-
ressée à repousser cette révision de l'article
23 de la charte. MM. les pairs ne peuvent
pas faire eux-mêmes défaut à la pairie. Je
sais bien que c'est la mode d'être libéral;
mais les modes passent vite en France : celle-
ci, comme toutes les autres, sera reniée et
moquée dans six mois. Je sais bien que la popularité a ses surprises de sens comme toutes
les catins; mais on s'apercevra enfin que si
les ignorans ont su tant démolir, il est temps
de penser au principe conservateur. La cour
fait des vœux pour l'aristocratie, et en France
on est tôt ou tard du parti de la cour. L'instinct d'imitation est si vif en nous que

le peuple serait peut-être honnête, généreux et grand, si un roi en prenait jamais la fantaisie.

Arnold allait voir le docteur Perricault tous les jours. Ces deux cliens, la comtesse et l'artiste, étaient pour le praticien voué au soulagement des douleurs du corps, une source d'étonnemens toujours inexplicables. Rien n'est absurde en effet aux yeux du philosophe, matérialement dit, comme les inquiétudes qui n'ont aucun terme de guérison prévu par l'emploi d'un spécifique ou l'observation d'un régime. A cette espèce de vivans (lorsque par hasard ils vous écoutent) si vous parlez de chagrins, ils répondent : Prenez de l'exercice, montrez votre langue, mangez un peu et dormez long-temps. A toutes les perturbations physiques il y a un remède à proposer : la dernière bonne femme a son secret, l'avare donne un conseil; mais aux secrètes souffrances du cœur on est distrait ou on lève les épaules. Tel qui n'a pas la faculté de souffrir se croit un sage;

et l'être incomplet se pose en juge supérieur.
Ce n'est pas que le brave médecin manquât
de bonté en cette occasion, mais d'intelligence. Toutefois il portait de consolantes paroles d'un camp dans un autre ; il échangea
de précieuses nouvelles et enfin il se chargea
d'une lettre, quand il sut bien qu'elle avait
pour but de graves réclamations en faveur
d'un être malheureux, et qu'il s'agissait d'une
bonne action à faire par l'intermédiaire de
l'un sur la requête de l'autre.

Cette lettre était écrite par Arnold à la comtesse : elle expliquait tout ce qui avait été découvert récemment au peintre dans son dernier voyage à l'abbaye. Elle touchait à l'existence d'Hélène. Hélène devait le jour au
comte d'Hacmon-Scanderberg, appelé originairement Giraud, et né dans les environs
mêmes de cette propriété du Blésois qu'il
venait de joindre à ses immenses domaines :
Elle avait été le dernier acte de sa vie galante,
l'adieu fait à sa jeunesse, la faute tardive qui
avait clos la liste de ses nombreux égaremens.

Il avait abusé là une artisane par l'éclat
des promesses : et Hélène était venue au
vieillard à l'âge où la trame de la vie déjà
noire est brochée encore quelquefois « par
des fleurs de désir qui ne durent qu'un jour. »
Il avait pourvu en secret d'abord à l'existence de l'enfant ; puis ce nom de Giraud
avait disparu de tous les actes politiques, de
toutes les gazettes où il était autrefois cité
comme appartenant à différentes assemblées,
et enfin au Sénat conservateur. On avait été
loin dans la province de soupçonner que l'ex-
jacobin, révolutionnaire roturier, avait ab-
juré, sous l'Empereur, l'appellation paternelle pour se réfugier sous un sobriquet à
terminaison germanique ; et on avait innocemment cru que le sénateur, dévoué à la patrie, avait trouvé glorieusement la mort en
combattant les Prussiens ou en descendant
avec le peuple d'où il était issu dans les luttes engagées contre l'insurrection du pouvoir. On a quelquefois de singulières idées
dans quelques uns de nos départemens !

Avenel seul était demeuré en possession du secret de cette existence masquée et double. Son séjour à Longpont où résidait souvent le comte n'était pas tout à fait étranger à l'espoir qu'avait l'aveugle d'obtenir une explication un jour ou l'autre avec le caduc suborneur. Mais soit que l'occasion ou l'assurance lui eût manqué, soit plutôt que la pudeur le retînt à revenir sur une déplorable faiblesse de sa sœur, Avenel n'avait encore entamé aucune récrimination sur ce sujet, quand sa nièce vint le chercher, devenu plus pauvre de jour en jour. Mais le sergent et le comte se connaissaient. Celui qui avait outragé la morale et celui qui voulait la venger s'observaient depuis long-temps. Dévouement d'un côté, insolence et dissimulation de l'autre.

Ève répondit du fond de son lit de souffrance qu'elle prenait l'engagement d'établir les droits de la paysanne et qu'elle la ferait doter convenablement. Rien ne transpirait dans cette réponse de l'étonnement ni du dépit qu'elle avait pu sentir à voir Arnold pren-

dre avec tant d'ardeur les intérêts de l'orpheline ; mais elle précisait comme première et
urgente condition pour se charger du sort
d'Hélène qu'elle se marierait sans retard ,
selon les convenances de son pays et de sa
famille. Au bas de la lettre, Ève avait fait
écrire par une main qu'elle guida, quoique la
sienne fût plus tremblante encore, deux mots
en caractère fort gros : Je t'aime.

Pour le pair de France, il voyait arriver
avec terreur la veille du jour où la grande
cause de l'hérédité allait être plaidée au Luxembourg. Son indisposition , loin de s'être cal-
mée, avait fait des progrès fâcheux, et une de
ses joues s'était démesurément arrondie sans
communiquer cette émulation à l'autre. L'accident n'était pas une fluxion simple : il n'en
était pas moins ridicule ; et le grand seigneur
prévit avec une indignation concentrée qu'en
un tel état sa présence à son poste pourrait
faire contraste avec la gravité de la délibé-
ration. Il craignit d'apporter un facétieux
accident au travers d'un sérieux drame.

— Monsieur le comte, il y aurait imprudence à prendre l'air avec la prédisposition où vous voilà, lui dit son docteur.

— Il y aurait lâcheté, répondit le malade, à n'être pas à son poste dans un pareil jour. Je me ferai porter s'il le faut à la chambre haute.

— Ne pourrait-on voter par procuration?

— Impossible. Et d'ailleurs mon exemple peut entraîner des esprits flottans. Quand le destin d'un état dépend d'une boule noire ou blanche, M. le Docteur, il faut se sacrifier à son devoir.

Le malheureux héros ne savait pas prophétiser si juste!

Donc, le 28 décembre à onze heures du matin, le comte d'Hacmon montait dans sa large berline, enveloppé, empaqueté et précautionné pour l'expédition qu'il allait faire. Il n'avait pas osé regarder sa propre figure quand le valet de chambre eut terminé sa laborieuse toilette, et cependant il eût pu se rassurer s'il lui était venu en souvenir l'aspect accoutumé que présente sur l'hémicycle

le vénérable corps de l'aristocratie du bon
plaisir : sénat cacochyme, succursale d'inva-
lides, infirmerie ouverte à notre deuxième
enfance. Là triomphe la peau d'ours sur les
rhumatismes du président, l'abat-jour défend beaucoup de vues déjà très courtes ; on
fait au lieu d'avis circuler la pâte de Re-
gnault contre les catarrhes ; et le sourd et
interminable ressentiment des asthmes domine toujours les métaphores de tribune.

Le noble pair, gonflé d'inquiétudes, se proposait d'arriver avant l'ouverture de la discussion finale, afin d'essayer son crédit sur
la mobile résolution de quelques uns de ses
collègues. Il pensa même qu'un auxiliaire
d'un autre genre ne nuirait point à l'intérêt
de sa cause, soit devant les pères conscrits
errans dans les salles d'attente, soit devant le
public lui-même assemblé sous le péristyle
du palais ; car il ne doutait guère qu'une
grande sympathie de vœux et d'impatience
ne se manifestât dans Paris à l'approche d'un
événement qui abrogerait ou consacrerait la

dynastie de deux cents vanités hors d'âge.

Il fit donc monter le fils d'Arnold dans sa voiture : ce ne fut pas sans résistance et sans pleurs de la part de l'innocent. Il se défendait comme s'il eût soupçonné qu'on le réservait à jouer un rôle de prospectus pour la génération dont il s'agissait de consacrer les privilèges. Cependant quand on lui eut promis de le ramener, dans deux heures, par le passage des Panoramas où il pourrait choisir plusieurs pantins, des poussahs, des paillasses, il se laissa conduire à la Chambre des pairs.

— Rue de Vaugirard, 19 ! cria en passant au cocher le commissionnaire Fontaine, qui se souvenait encore impertinemment d'avoir fait le coup de fusil aux journées de juillet.

La voiture eut quelque peine à monter la rue de Tournon. Il y avait là encombrement d'équipages et aussi de curieux à mines assez goguenardes. Le comte, pendant que l'enfant riait debout à la portière, avait les yeux mélancoliquement fixés sur ce palais qui semblait reculer et être inabordable ce

jour-là. Il se rappelait son fondateur, Marie
de Médicis morte en exil; et combien de
différentes inscriptions il avait déjà vues se
succéder en lettres d'or sur des tables de
marbre, au dessus de la porte d'entrée :
Orléans, Luxembourg, Directoire, Consulat,
Sénat conservateur, et enfin Palais de la
chambre des pairs. Qu'est-ce qu'un *palais de*

de loisir qu'il ne l'aurait voulu, tout l'aspect ar-
chitectural de cette façade à refends et à bossa-
ges de mauvais goût, copiés sur un monument
de Florence, il se réveilla en lui une image de
la solidité, et il en tira bon augure pour l'établissement de sa race. Comme les pierres de
cette résidence, il avait eu des opinions taillées
à facettes, et le lourd château lui plaisait.

Enfin le patient souffreteux mit pied à
terre, et soutenu sous les bras par deux domestiques, il traversa la salle des gardes, celle
des garçons de service et des messagers d'é-
tat, remarquant partout avec satisfaction
l'intérêt qu'inspiraient devant lui la grâce et
la vivacité de son Dauphin.

— Il serait bien dommage que cet enfant-là ne vînt pas ici un jour s'asseoir, dit sur leur passage un archiviste courtisan.

— Crois-tu, demanda tout bas sa femme, mal déguisée en homme pour voir défiler intérieurement le convoi, que cette giroflée soit sortie de ce vieux mur?

Quand l'impotent ménin eut épuisé enfin la curiosité et même la patience de ses collègues à leur montrer son successeur, qu'il eut abusé partout de l'intérêt qu'excitait à travers les corridors la présence de ce petit portrait d'un grand peintre, il consigna l'enfant entre les mains de son serviteur de confiance, avec ordre de reconduire M. le vicomte dans l'équipage où l'attendait force friandises, et une défense absolue de laisser approcher qui que ce soit du prisonnier en carrosse. Alors le pair de France entra dans la salle des séances et se traîna derrière le banc ministériel en présence des douze statues dont l'image formera toujours un singulier contraste avec le maintien physique et moral des prétendus

vivans qui encombrent cette enceinte : Solon,
Périclès, Cincinnatus, Scipion, Caton d'Utique,
Lycurgue, Cicéron, Léonidas, Aristide, Pho-
cion, Démosthènes et Camille. C'est en présence de ces exemples-là que délibèrent leurs
Seigneuries ! Le comte tomba à sa place entre
un collègue douteux qu'il avait recruté tout
à l'heure en le rencontrant dans la salle du
livre d'or, et l'héritier d'une de ces familles
historiques dont la France ne peut jamais
oublier l'illustration toute guerrière.

— Et moi, dit la girouette sénatoriale qui
avait proposé en comité secret de demander
des pensions à l'état en échange du privilége
de l'hérédité, moi, qui ne savais pas à quel
usage était destinée cette salle du livre d'or,
où vous m'avez abordé, mon collègue !

— Oui, M. le Comte, dit d'Hacmon, cette
salle, très digne d'exciter la curiosité et l'admiration, renfermera un livre précieux : celui
qui contiendra les titres de la pairie ! C'est
pour nos archives spéciales que ce sanctuaire
est préparé, n'est-il pas vrai, monsieur le Duc ?

Le voisin de gauche, interpellé ainsi à l'improviste, répondit assez sèchement :

— Je l'ai entendu dire.

Puis feignant d'oublier, lui qui était depuis peu d'années membre de cette assemblée, que la promotion des deux amis remontait aux fournées impériales, il ajouta :

— J'ignore à quelle page, dans les titres de la pairie, on inscrira le procès de Michel Ney, par exemple !

— J'ai voté avec bien du regret, dit le comte d'Hacmon, en baissant la tête.

— Et moi je l'eusse absous, dit le duc : et mon père a pourtant combattu la république dans la Vendée.

— Monsieur le Duc, cependant nous allons nous trouver d'accord aujourd'hui j'espère sur le vote que nous sommes appelés à déposer devant la France attentive. Le bénéfice de l'hérédité...

— On ne me l'ôtera point quoi qu'on fasse; et je ne prendrai pas plus de part à votre scrutin que je n'en ai pris à la discussion. Je viens

ici par curiosité. Si je n'ai point donné ma
démission avec éclat comme Fitz-James et dix
autres royalistes, c'est parce que je ne suis
guère ambitieux des faveurs de Henri V. Mais
que peut me faire à moi la question de
savoir si mes fils auront un nom et un titre?
L'histoire est là fort à l'abri des paperasses
législatives et des ordonnances de cour. Je
conçois que cela vous intéresse, vous autres
déserteurs du tiers-état. Vous étiez quelque
chose comme républicains et vous ne savez
point voir que vous n'êtes rien comme gen-
tilshommes. L'exemple de Bonaparte n'a pas
dessillé vos yeux. Peignez votre maison en
vieux, Messeigneurs, elle sera laide sans être
plus solide et vénérable.

— Vous êtes sévère ! monsieur le Duc.

— C'est qu'il faut être du passé ou de l'a-
venir, mon cher. Nous défendons, nous, les
tombeaux de nos pères, et les républicains
veillent sur le berceau de leurs enfans. Je conçois ces deux religions-là ; mais entre ces deux
saintes choses d'autres n'ont trouvé qu'un

comptoir. Le présent qui vous occupe n'a ni stabilité ni poésie. Prenez le côté de la rue qui vous agrée : la gauche ou la droite, mais le milieu c'est le ruisseau.

— La discussion est close ! s'écria M. le baron Pasquier. Nous allons passer, messieurs les Pairs, au scrutin secret.

Ce moment d'angoisse redoubla tellement les dispositions maladives du comte qu'il effraya ses voisins. Il passait d'une pâleur morne à une teinte pourprée de la face, et quelquelois levé péniblement sur ses pieds et le cou tendu pour voir ou entendre plus tôt ce qui se présageait sur le résultat des votes, il retombait sur son banc agité de convulsions nerveuses.

— A présent que vous avez déposé votre boule, lui dit plus affectueusement le gentilhomme d'autrefois...

— Votez pour moi, monsieur le Duc !

— Que ne vous retirez-vous, Monsieur ? Vous apprendrez toujours assez tôt à votre domicile...

— Non pas ! dit le comte, il me faut sortir d'une telle perplexité...

Le bourgeois qui était venu là chercher la noblesse au préjudice évident de sa santé chancelante, était si attentif au moment de voir trancher cette question de vie et de mort, qu'il avait oublié jusqu'à ses éternelles appréhensions sur le sort de Daniel. Et cependant il rêvait sans cesse en tremblant à la possibilité d'un nouveau rapt. Pendant la longue opération de dépouiller les votes, l'enfant qui avait épuisé toutes les distractions de la voiture, commençait à s'ennuyer et avait baissé les glaces pour mieux voir les passaus, et se cabrer les chevaux de gendarmes qui encombraient l'avenue. Un groupe de peintres sortant de la galerie du Luxembourg où ils avaient admiré les arts comme s'il n'y avait point de politique au monde, fut obligé à cause de la foule, de demeurer un moment à quelques pas du carrosse.

—Ce qu'il y a d'immortel dans ces murailles, disait l'un, c'est ce que nous venons de voir : Rubens, Lesueur, David; et non ces momies qui votent, je crois, et qui toussent là-bas.

— Quand un homme n'est plus bon à rien,

disait l'autre, député avarié, orateur pous-
sif, magistrat vendu, sépulcre blanchi, on en
fait un pair de France. Les ministres poussent plus loin que nous la haine de l'aristo-
tocratie.

— Tiens, tiens, dit un troisième, la jolie
boule que voilà encadrée dans des armoiries
inconnues ! Il s'appuie à la portière de cette
berline comme un des enfans-Dieu de Raphael
sur le bord de son cadre, pendant l'ascension
de la Vierge.

— Il a bien ses yeux, dit le premier interlocuteur; mais ses cheveux bouclés sont plus
beaux que ceux du chérubin. Regarde donc,
toi, monsieur le distrait !

Cette invitation s'adressait à un jeune
homme d'un air et d'une pose plus réfléchie
que les autres. Il se retourna avec lenteur du
côté qu'on lui indiquait.

Léo fit un cri de joie. Il s'agita dans sa prison, monta sur les coussins, ouvrit les bras,
envoya des baisers, et fit signe à la personne
qu'il avait reconnue de venir le prendre.

Le peintre, mit son doigt sur ses lèvres,
et détourna rapidement la tête pour n'être
pas remarqué du valet de chambre qui vint à
l'instant se poser sur le marchepied du carrosse, afin d'intercepter toute communica-
tion entre les passans et le captif.

— M. le vicomte, asseyez-vous et laissez-
moi baisser la glace, ou bien nous rentrerons
à l'hôtel sans passer par les Panoramas.

Léo n'écoutait seulement pas les injonc-
tions du valet, il était déjà à la portière op-
posée, cherchant des yeux avec des impatiences plaintives l'image qu'il avait entrevue.
Il la retrouva enfoncée dans le demi-jour d'une
allée voisine et lui souriant avec amour. Il
comprit qu'il fallait se taire.

Cependant l'opération législative était arrivée à son terme dans l'intérieur du palais, et
l'on sait que la loi présentée proposait l'abo-
lition de l'hérédité. Le chancelier proclama
enfin avec la formule impassible : Nombre
des votans 170; boules noires 68, boules
blanches 102. La chambre adopte.

Et un gémissement partit de derrière le banc des ministres;.. et le comte d'Hacmon était mort.

— Ce n'est qu'une attaque d'apoplexie! dit le sénateur son collègue. On peut le sauver: appelez le médecin de la noble chambre.

La salle fut évacuée en un seul instant. Tous ces vieillards avaient peur de la mort comme d'une contagion dont ils se sentaient talonnés. Bientôt il n'y eut plus de parti à prendre en cette triste occurrence que de porter le cadavre dans son carrosse.

Quand le brancard sortit de la cour d'honneur et qu'Arnold vit approcher de Léo l'objet sinistre qu'on destinait à mettre à côté de son enfant, il n'y eut ni prudence qui pût le retenir ni force capable de le repousser. Il prit son trésor dans ses bras et l'emporta au milieu des étonnemens et des sympathies de la foule.

XVIII

Convertisseur.

Pour unique intermédiaire entre l'ame et le
monde, il nous reste la parole colombe infidèle
qui ne porte pas toujours ses messages

Études sur l'Allemagne.

Ève, depuis le matin de ce jour de deuil,
avait plus d'une fois demandé son fils. Quand
elle apprit que son époux l'avait emmené,
elle ne put s'expliquer cette démarche ni
se défendre d'une vague terreur. Enfin elle
entendit rentrer le carrosse ; mais au lieu de
la hardiesse accoutumée de l'équipage, il mar-

chait à pas lents. Elle le sentit résonner sour-
dement sous la voûte et passer au dessous du
lit douloureux où on la défendait elle-même
contre la mort. Puis l'ancien compagnon du
comte se présenta devant elle la figure morne
et compassée. A l'aspect du sinistre visage,
elle s'écria :

— Léo! où est-il? Qu'ont-ils fait de mon
enfant?

Perricault suivait les pas de l'émissaire officiel. Il n'eut pas, sans cette précaution,
permis qu'on annonçât un tel événement à sa
malade, et il tenait dans ses bras le prisonnier. Le prisonnier était tout affligé d'avoir
été déjà rendu. Le docteur le posa sur le bord
du lit de sa mère et Léo pleurait, au lieu de
se réjouir, à se voir revenu dans cette grande
maison. Il ne recevait jamais là avec quelque
reconnaissance que les soins de la comtesse.
A elle seule il n'opposait point de refus, de
mutineries, ou de silence obstiné : mais il se
laissait embrasser sans rendre les caresses,
et il l'appelait impassiblement Madame.

Les gens qui avaient remarqué cette froideur comme un signe de respect à l'usage des
enfans bien élevés imaginèrent que la pauvre
créature qui gardait ses yeux rouges pour
avoir quitté son ami tout à l'heure, avait le
sentiment des regrets que devait lui inspirer
la mort du comte. Ève elle-même fut devant
l'émissaire grave et sérieuse sans hypocrisie.
La surprise fut l'expression la plus profonde
des combats qui se livraient en elle, et elle se
dit avec une amertume qui était un hommage
aux arrêts de la providence : — J'étais réservée à être libre, si je n'eusse commis un
crime. Maintenant ma mort suivra celle-ci :
à quoi servent les fautes ?

Le lendemain et quand tous les témoins
furent retirés, Perricault qui avait reçu l'enfant des mains d'Arnold lui-même, raconta
tout ce qu'il tenait du jeune homme. Il l'a
sauvé, dit-il, d'un odieux spectacle et protégé
dans la foule. Il vous le rend. Il ne veut pas
le retenir deux fois comme un vol ; il ne veut
pas surtout vous priver d'une consolation qui

est aussi uniquement la sienne. Elle pensera peut-être, a-t-il ajouté en s'éloignant et après m'avoir voulu confier ce dépôt, que Dieu a voulu déjà retirer un des obstacles élevés entre l'enfant et moi.

Le jour suivant :

— Il n'a point parlé de l'intention de me voir jamais? dit Éve ; même à un intervalle éloigné, Docteur ? même quand les devoirs selon le monde m'auront allégé leur joug?

— Nullement. Je le crois au contraire disposé à quitter Paris, Madame.

Où ira-t-il? se demanda la malheureuse femme avec une anxiété jalouse et l'accent d'une profonde souffrance. Sa tête s'affaissa sur l'oreiller humide de larmes.

Revenue à elle-même, sa première parole fut pour Léo.

— Léo, que vous a-t-il dit en partant?

— Que je ne l'oublie point, Madame.

— Et il va nous oublier, lui, l'ingrat !

— Pas moi, dit l'enfant.

— C'est donc moi, pensa Éve.

Les funérailles du comte s'accomplirent avec tout le faste qui devait suivre ses immenses richesses. L'ancien sénateur, son contemporain, prononça l'oraison funèbre : et abusant de la banale éloquence de cimetière, oubliant qu'on ne doit aux morts que la vérité, il compara la consternation du peuple autour de la voiture à celle qui suivit Henri IV, de la rue de la Ferronnerie au Louvre. Il rappela Marie-Thérèse montrant ses enfans aux grands de l'état, et invoqua je ne sais quels rapprochemens et des prosopopées extravagantes. La presse républicaine eut la pudeur de ne pas même se moquer du panégyriste.

Pour la comtesse, elle eut à passer six mois entre la vie et la mort. Elle aurait succombé à ses atroces douleurs, si elle n'eût opposé une volonté forte à l'action du mal qui la dévorait. Mais elle se retenait à la vie ; elle avait ou se croyait une tâche à remplir. Que ne dompterait pas la fixité d'une résolution qui jamais ne sommeille, depuis la stérilité du sol

jusqu'à l'ingratitude du cœur, depuis le cour-
roux de l'océan jusqu'aux petites et miséra-
bles haines des hommes? Le monde n'avait
jamais su au juste l'histoire de la longue et
femme ; le
mystère qui entourait son sort doublait le
charme romanesque qui s'attachait à tant de
beauté. Les uns racontèrent que son vieil
époux, sentant sa fin approcher, avait voulu
l'entraîner avec lui dans la tombe et la forcer,
comme les femmes du Malabar, à s'immoler
à des mânes jaloux. Ceux qui approchaient
davantage de quelque vérité assuraient que
sa raison était dérangée par amour, et que
l'objet de cette passion était un prince étranger. Aucuns ne s'accordaient sur l'origine et
les causes de son malheur, mais tous venaient
se réunir dans un intérêt profondément excité.
Quand on la vit reparaître enfin, languissam-
ment promenée dans un landeau drapé de
noir sur l'avenue des Champs-Élysées, les
poétiques esprits la prirent pour une ombre :
Alceste délivrée des enfers, ou la morte-ma-

riée, ce gracieux fantôme qui a donné son nom à l'antique maison de Mortemart. Parmi les jeunes femmes de Paris, la plus belle, empoisonnée à vingt-deux ans, se dressant du tombeau avec la blancheur de l'albâtre, des yeux veloutés, un million de rente et veuve d'un pair de France! Quelle auréole! quelle émulation de vœux autour d'elle! Que de flatteurs hardis ou secrets, de vœux formés à voix basse, de marchés proposés à Dieu ou au démon pour s'approcher de la pâle comtesse, attirer seulement un de ses regards! On disait qu'elle allait se jeter dans la dévotion parce qu'on l'avait vue quelquefois sortir seule et à pied d'une église solitaire et recevoir un peu plus souvent que personne le directeur de sa mère : l'abbé Andreuze, un favori de Monseigneur. Les dames dont l'assiduité était la plus fervente aux offices remarquaient entre elles que ce prêtre était jeune encore et qu'il avait des manières élégantes. Aucun homme, même parmi les déhanchés, n'eût osé faire cette injure qu'elle goût si renommé de la splendide héritière.

Le jeune enfant qui l'accompagnait toujours, son consolateur unique comme le té-
moignait la tendresse des yeux incessamment fixés sur lui, semblait participer de
la tristesse de sa mère. Léo en changeant
de compagnon avait changé d'humeur et
comme de tempérament. Ses mouvemens
impétueux s'étaient assouplis dans la grâce ;
il parlait d'une voix plus douce et moins assurée. Ses joues avaient pris la teinte de ces
roses un peu étiolées qui s'ouvrent dans les
salons ; et comme la pensive malade, son regard, dans toutes leurs courses au dehors,
semblait toujours chercher quelque chose.
Un soir que l'équipage traversait la rue de
Tournon, l'enfant purut se reconnaître. Il se
pencha du côté où il pouvait le mieux voir
l'entrée demi-obscure d'une allée. Il lui
échappa de s'écrier : — C'était là. Mais on
ne put jamais lui faire avouer ce qu'il avait
voulu dire.

Alceste dérivé ce des d'amie. Elle craignait les

femmes, parce que la seule qu'elle eût bien connue avait fait son malheur : hélas! et c'était sa mère! Quelle confiance aurait-elle pu établir dans tout le reste d'un sexe trop étranger à l'amitié? On eût dit qu'elle savait, comme si l'expérience le lui eût enseigné déjà, que la mobile jalousie de ses compagnes ne les rend propres qu'à un sentiment exalté et fugitif. Admirer autre chose qu'elles c'est devenir déserteur et traître. Tout ce qui n'est pas un fossile hommage est injure; qui cesse d'être esclave est calomnié.

Ève avait entendu dire, car elle n'avait aucune notion qui lui fût personnelle à cet égard, que la religion renfermait des idées consolantes. Elle avait besoin, séparée d'Arnold, d'oublier, d'espérer et de croire. Elle résolut de se faire initier à de sérieux mystères. Tout ce qu'elle savait de la terre la portait à se réfugier aux cieux. Mais dans ses premières aspirations épanchées devant l'abbé Andreuze, elle fut frappée de mécomptes et rencontra une stérilité décourageante. Et cependant elle

s'était dit : Il a bien consolé ma mère ! moi qui
suis peut-être un peu moins coupable et me sens
repentante, pourquoi n'obtiendrai-je pas quelque miséricorde ? Soit que l'abbé fût secondé
plus indocilement dans cette conversion que
dans la première, soit qu'il eût des distrae-
tions lui-même dont une pureté nouvelle em-
pêchait la néophyte de s'apercevoir, son éloquence se déconcerta vite. Quand il fut obligé,
faute de complaisante intelligence de la part
de la pécheresse, de s'enfermer dans son seul
métier, sa faconde devint impuissante. L'instruction tombait de sa bouche, égale et monotone comme l'eau d'une borne-fontaine.
Une de ses expressions ne dépassait pas l'autre, plus qu'une feuille ne déborde une feuille
dans les allées de charmilles à Versailles. Enfin l'abbé revint au ton ordinaire des prédi-
cans et il ʸ a toujours quelque chose d'orgueil-
leux, d'ergoteur et de taquin dans la tenue
d'un dévôt en présence d'un pauvre et naïf
incrédule. Le catholique brave au lieu de
plaindre. Il se croit supérieur à l'ame de

bonne foi comme le Blanc s'estime au dessus
du Mulâtre. Loin de sentir une compassion
douce et l'envie de partager sa béatitude, il
triomphe de là cécité de son frère. Un saint
se pavane à côté de ce qu'il croit le péril d'un
aveugle, comme se promènerait le pédagogue
au bord du canal ou l'enfant se noie. Il est fat
de l'avantage qu'il se suppose. En présence
de la perdition, quelque chose en lui s'ap-
plaudit égoïstement. Il croit son prochain
damné et s'en console. Ce n'est pas là le christianisme, mais c'est l'église : patrie d'une
mythologie menaçante : enfer, chaudières, le
diable, son rire et ses cornes. Ève parlait-
elle du bon Dieu? l'abbé de l'ange maudit
éternellement. Demandait-elle l'indulgence
religieuse? on lui révélait le prêtre. Avait-
elle soif des grâces de l'évangile? on l'entre-
tenait de rigueurs austères et de pénitences.
M. l'abbé se lassa trop tôt de n'avoir à combattre que les argumens de la conscience et
l'abattement des vagues remords. Il lui fallait
des révoltes de docteur pour placer les ré-

ponses écrites et l'orthodoxie apprise. Devant
le cri de la nature il était mal à l'aise; l'instinct
de la justice annihilait l'érudition. — Madame, dit-il, il faut vous instruire : nous ne nous
comprendrions jamais. Toute science a besoin
d'une initiation, et il serait dommage qu'une
si gracieuse réprouvée n'achetât point, par
l'arridité des lectures saintes, l'infaillible trésor de la foi. Il voulait briller plus que con-
vaincre, reprendre ses avantages dans une
controverse régulière, pouvoir se vanter de
ses efforts à ses supérieurs, et avant la rédemp-
tion du faible, obtenir les applaudissemens du
clergé. Cette conversion enfin eût été une conquête illustre; elle pouvait récompenser en
secret le vainqueur et lui mériter un avance-
ment public. Il projetait d'ailleurs un prochain
voyage à Rome : il était pauvre et ambitieux.

Ève ignorait les sentimens d'Arnold et
jusqu'au lieu de sa retraite. Cette grande
Dame objet des préoccupations du monde et
qu'on croyait vouée à d'ambitieux projets, mé-
ditant quelque alliance princière, se jeta dans

l'étude. Elle s'ensevelit dans de très profonds volumes, faute de pouvoir communiquer avec un être vivant et lire dans le cœur qu'elle voulait reconquérir. On la croyait indécise seulement entre des fortunes rivales, entre le choix de différentes splendeurs, et elle se réservait tout entière à l'humble artiste qui enfermé peut-être dans quelque studieuse retraite, combattait de son côté le deuil de l'ame par l'infatigable amour de la gloire. La comtesse le croyait tantôt en Italie, tantôt en Angleterre. Elle le chercha jusque dans les vagues nouvelles que répètent ou inventent les gazettes. Un tableau était-il commandé par le Congrès américain? c'était à Arnold. Un navire avait-il sombré devant les côtes de l'île Maurice, il portait peut-être le volontaire exilé? — Il n'était pas si loin d'elle et surtout de son fils. — L'étude ne consolait pas Ève, mais elle l'emportait un moment loin de ce monde : et oublier, c'est la vie.

— Vous m'avez prescrit de lire, dit-elle un jour à l'abbé : j'ai lu, j'ai étudié, et la pre-

mière idée que je me sois faite de votre religion, je vais vous la dire.

Tant d'application, vaine encore, avait
aigri à son insu le caractère de la comtesse.
Les livres, au lieu d'attendrir son ame avaient
pesé de tout leur poids sur son esprit. Sous
cette froideur, rencontrée où elle cherchait
la diversion et l'espérance, elle s'était encore
révoltée.

— Votre religion, dit-elle, suppose Dieu
injuste, bizarre et jaloux. Il aurait dépossédé
une grande partie de sa propre création du
bénéfice de la vérité, et ne se serait capri-
cieusement révélé qu'à certains peuples,
après certains temps. Ceci serait inique,
et jetterait une partie du monde à l'enfer.
Vous vous êtes créé un créateur ; vous l'avez
fait à votre image, et après lui avoir donné
une figure comme la vôtre, vous lui prêtez
les petites passions qui vous agitent. Cette
pensée de Dieu, au lieu de la laisser pure
comme la conscience la révèle, vous l'avez
torturée et accommodée à vos misères, vous

vous êtes fait des rites et un dogme pour
tourmenter les esprits différens du vôtre, et
vous devenez idolâtres par peur de vos propres vices. Votre esprit n'étant pas tranquille,
vous avez cherché mille remèdes d'empiri-
ques afin de le guérir : comme par exemple,
de vous mettre à genoux sur la pierre et de
chanter. Votre salut, c'est-à-dire vos peurs,
se sont mises à la place de toute vertu et
charité. Vous apaisez vos remords avec des
pains à cacheter, comme on assoupit le mal
de dents avec le Paraguay-Roux. Vous cherchez votre vie éternelle avec des pratiques
saugrenues, ainsi que la bonne femme un trésor en égorgeant une poule noire entre quatre
chemins.

— Ainsi, Madame, Dieu n'existe pas! dit
le prêtre.

— Dieu existe. Et je ne l'ai pas toujours
cru. Le sentiment religieux est dans notre
nature; je le sens à présent par les révélations du malheur. Mais il n'y a point de for-
mules exclusives pour l'enfermer et le dis-

cipliner au joug humain. Dieu inspire la conscience de lui à ceux qui le cherchent. L'idée
religieuse est de tous les temps, et comme
toutes les autres, elle est perfectible.

— Non, dit le prêtre, le christianisme est
la vérité absolue.

— Le christianisme s'est placé dans la série des siècles comme un progrès, mais rien
que cela. Sa morale a amélioré les hommes.
Après le culte du soleil et l'adoration des animaux, est venue l'humiliation devant la force.
Puis les passions mortelles se sont ensuite
divinisées sous les noms de Jupiter, Her-
cule, Vénus. Les Juifs ont reconnu un seul
Dieu les premiers ; puis s'est épurée cette
croyance par l'extension de la compassion
divine pour la condition humaine. En quoi
ressemble le chrétien d'aujourd'hui à celui
qui ne suit que la morale évangélique ? Pour
être si intolérans vous oubliez combien vous
êtes errans et mobiles. Vos plus graves mystères ne sont que du onzième siècle. J'ai appris
au moins des dates, si je n'ai appris que cela.

Vous n'avez pas plus le droit de proscrire ceux qui ne suivent pas votre voie, que ceux qui la devancent. Condamner Platon et Luther sont deux inconséquences. Vous osez dire : Hors de l'Église point de salut!

— Vous n'avez point consenti, Madame, à apprécier d'admirables écrivains : Dom Calmet, Huet, Fleury, Garasse, Bourdaloue.

— J'ai lu tous vos docteurs jusqu'à la lie; Bossuet même et le plus beau style du monde n'expliquent point le caprice d'envoyer un rédempteur à telle époque plutôt qu'à une autre. Je me refuse à admettre que ce petit peuple juif ait eu le privilège de voir naître de sa race et de son sang la divinité qu'il renie tous les jours. Ce qui vit du christianisme, Monsieur, c'est sa philosophie. Ce qui tient à son merveilleux s'en va, et son règne déjà vieux ne s'explique que par la venue des barbares qui ont engourdi l'esprit humain pendant quinze siècles après l'apparition de votre messie : homme divin du reste, et digne à jamais de la pieuse admiration du monde.

— La foi n'a pas daigné descendre en vous !

— Au coin de quel raisonnement vous a-t-elle donc surpris, vous, Monsieur ? Dans quel livre à fermoirs, sous quelles épaisseurs de feuillets de papier vous attendait-elle, mortel favorisé que vous êtes ?

— De plus grands hommes que nous, Madame, Leibnitz, Mallebranche, Pascal, Fénelon, Racine ont cru !

— Je leur envie ce privilége. Pourquoi ne m'accablez-vous pas aussi de réprobations, parce que j'ignore beaucoup d'autres sciences ? A chacun sa portée d'esprit, ses facultés. Savez-vous l'algèbre, vous ? Et pourquoi ne la savez-vous pas ? Bezout la savait. Savez-vous le contre-point ? On l'enseigne au Conservatoire. Faiblesse ou lumière, chacun a sa portée, vous dis-je. Dieu m'a fait connaître tout ce qu'il a voulu que je sache. Il m'a donné la perception du juste et de l'injuste et il m'a punie cruellement quand je me suis écartée de cette voie. Mais sur ce que vous appelez la révélation par excellence, d'où vient qu'il

menacerait mon incrédulité ? M'aurait-il tendu un piége ? Aurait-il mis la foi qu'il m'impose
en contradiction avec la raison qu'il me
donne ? Se joue-t-il du bon sens de sa créature ?

— Votre raison, Madame, a besoin de se
développer encore. Écoutez : durant la première existence traversée au sein de votre
mère, n'aviez-vous pas des organes encore
stériles, des yeux pour ne pas voir, des
oreilles pour ne pas entendre ? Eh bien! ces
facultés endormies devaient cependant servir
plus tard. Elles étaient destinées à une future
et prochaine transformation. Pourquoi n'en
serait-il pas de même de plusieurs des organes
de l'homme fait? Pour être déjà en notre
demi-possession dans ce monde, ils ne sont
peut-être que prédisposés pour un autre?
Leur usage, au lieu d'être immédiat, ne pour-
rait-il être réservé pour une seconde condition de notre existence immortelle? Peut-être
l'espérance, la foi ne sont-elles pas destinées
pour certains pécheurs, à être rencontrées sur
cette terre; mais elles lui souriront, hors

de ce monde ténébreux, comme la clarté du ciel quand on a échappé au sein de sa mère.

— Alors pourquoi ces impatiences, Monsieur, et ces obsessions du clergé ? Les frères moraves disent en parlant du ciel : « Quand nous arriverons chez nous », et vous répétez, vous : Hors de l'Église point de salut ! Le Dieu que je reconnais est celui qui donne à l'oiseau un peu de la laine de la brebis et quelques crins du coursier pour bâtir le nid de ses enfans. J'aurais cru aux miracles, si on eût daigné me faire vivre au temps où les arbres marchaient, où les guérisons s'opéraient en faveur d'assez indignes infirmes. Qu'avaient-ils fait ces douteux croyans pour obtenir tant de faveurs insignes? L'abandon où l'on nous laisse aujourd'hui n'explique-t-il pas quelque résistance à croire, et quelque tentation à nier? Qui aurait pu ne pas s'humilier quand les boiteux s'avançaient, que les aveugles savaient voir et les morts ressusciter? Mais, Monsieur l'abbé, la foi de nos jours est autrement difficile et méritoire. Pourquoi vous étonner de ce que je n'ai pas la foi ?

— Il a été dit, Madame : Heureux les pau-vres d'esprit !

— Et c'est encore un privilége qui me ré-volte, dit Ève. Pourquoi cette aristocratie de l'inintelligence? L'esprit ne nous vient-il pas de Dieu ? pourquoi en aurait-il fait une exclusion à sa miséricorde et une arme contre sa propre existence ? En désespoir de comprendre, on trouve plus court de croire. Vous feignez de croire pour témoigner de la pitié superbe et quelquefois de la haine contre les dissidens. C'est un prétexte de gouverner, et d'oppri-mer. Vous établissez des tarifs de remords et de prières : je vois partout spéculation et ty-rannie. Vous dites que Dieu s'est fait homme, et moi j'entrevois partout l'homme qui prête ses passions à Dieu. Vous l'outragez ce Christ sublime qui releva la femme adultère.

— La femme adultère s'était repentie, Madame.

— Je voulais l'imiter, dit Ève, mais l'avenir vers lequel aspiraient mes longues douleurs, tel que vous le faites, il est repoussant. Votre autre monde ne peut me sembler logique. Punition sans fin ou existence de béat : cette impasse n'est pas la conséquence de la vie telle que nous la subissons. Vos menaces et vos récompenses sont stupides; elles ne sont destinées qu'à me mettre dans votre dépendance. Si la mort n'est pas un progrès, le néant est préférable.

— Ceci est étrange, impie, Madame.

— Le plus étrange est votre crédulité, fausse ou vraie, votre détachement des affections terrestres pour vous garantir contre les chances d'un péril de l'autre côté du tombeau. Pascal, dont vous parliez à l'instant, a laissé échapper des paroles que j'ai transcrites, Monsieur. « Pesons le gain et la perte. En prenant le parti de croire que Dieu est, si vous gagnez, vous gagnez tout; si vous perdez, vous ne perdez rien. *Pariez* donc sans hésiter. » Généreuse manière d'aimer Dieu! Puis il ajoute : « De se tromper en croyant la religion chrétienne vraie, il n'y a pas grand chose à perdre ; mais quel malheur de se tromper en la croyant fausse! » Je ne savais point Pascal une de vos autorités les plus orthodoxes; mais j'aurais deviné à la tournure de ses argumens qu'il avait été de son temps un grand géomètre et un habile calculateur. De toute affection vous détachez votre ame, assure Molière. Et vous parlez d'enfer! la plus coupable et abominable pensée sur Dieu. Insecte qui vivez un jour, vous menacez de supplice éternel! Vous prêchez aux hommes (pourvu que cela contrarie peu vos intérêts) le pardon des injures, et vous supposez un Dieu vindicatif et implacable. Pardonne-t-il à ses ennemis, votre Dieu? Votre Dieu catholique, qu'a-t-il fait de Satan? lui qui osa demander à Caïn : Qu'as-tu fait de ton frère ?

Le prêtre recula. Tout ce qu'il entendait était si loin des routines ordinaires et de ses argumens alignés, si imprévu, si hors de mesure, qu'il ne sut que répondre. D'abord il essaya une contenance digne et gourmée, puis un sourire de supériorité clémente, surtout quand il eut remarqué combien l'animation de son adversaire et tous ses emportemens avaient épanché sur son front de beauté séduisante. Il fut prêt à dire : Le saint pontife pourrait seul vous absoudre : voulez-vous que je vous conduise à ses pieds? Mais repoussé dans cet hommage par un regard, il fut obligé de chercher quelque refuge. L'indignation s'offrit à lui, et il se montra tout à coup scandalisé profondément.

— Vous blasphémez, Madame! Anathème, dit-il, anathème sur les philosophes dont les doctrines ont perverti votre ame et vous mènent à la perdition !

— Je m'attendais, dit Ève en s'apaisant, que ceux qui ne savent jamais consoler sauraient maudire.

— Qu'aviez-vous besoin d'un confesseur? dit l'abbé en reprenant son manteau : c'est l'exorciste qu'il faut appeler ici.

— N'êtes-vous pas dans vos fonctions, Monsieur, puisque vous pouvez condamner et proscrire? Quand elle est impuissante dans ses flatteries, l'excommunication reste à l'église.

— Arrière, démon !

Et il se signa.

—Vous me faites pitié, termina en souriant la comtesse.

— Et vous horreur, murmura le prêtre.

Et dans le dernier coup d'œil de leur adieu réciproque il y avait évidemment l'échange de ces paroles :

— Je vous maudis.

— Je vous méprise.

Tant que l'infortunée comtesse avait été dans le paroxisme de son irritation et en présence de l'ennemi, elle s'était sentie supérieure, parce qu'elle avait la conscience d'être plus religieuse que le prêtre. Mais rendue à la solitude, elle s'accusa et elle pleura. Car malgré les déviations de sa révolte et le but où l'avait conduite la pente d'un malheur qui touchait à la démence, elle était partie pour croire. Elle était si avide de secours et avait besoin de tant d'appui ! elle se sentait si isolée

sur cette route déserte, au milieu de cette vie
qu'il lui fallait parcourir sans être aimée. Elle
ne doutait plus de l'existence de Dieu ; elle
était sincère dans sa confiance en l'immuable
justice de ses fins ; mais elle ne comprenait
pas encore, selon les étroites capacités de
l'attention humaine, que le maître de tout pût
s'occuper des moindres détails de sa moindre
créature. Elle le supposait insensible aux souffrances privées de tant d'êtres qui suivent une
destinée générale. Or, il fallait à sa faiblesse
de tous les momens une providence plus spéciale. Elle appelait des secours intermédiai-
res. Enfant gâté qu'elle avait été toujours,
elle n'était pas satisfaite d'être rentrée sous
la protection universelle. En accueillant
l'existence de la Vierge et des saints comme
une idée poétique, elle avait désiré faire passer ce doux rêve à l'état de croyance ; c'est
pour cela qu'elle avait frappé aux portes du
catholicisme si brusquement fermées à son
approche, peut-être par sa faute et les dispositions de son esprit rebelle.

Elle alla, au sortir de cette conférence, dans une lointaine église, non de celles où les indigens n'entrent pas et où l'on n'est coudoyé que par les riches et les courtisanes ; mais dans un temple moins indigne du Dieu qui a voulu naître dans une étable, et souffrir.

Je demande ici, puisque j'ai prononcé le nom de courtisane, à faire en passant cette brève remarque : c'est qu'à une femme qui n'a ni honneur ni pudeur, qui vend ses amitiés et ses caresses, trafique de tout, corps et ame, on a cru donner le symbole de tous les mépris dans un seul nom : celui de la femelle d'un courtisan.

La comtesse entra donc à Saint-Étienne-du-Mont. Là, elle vit à genoux prier des bonnes femmes : et la sérénité de leur front en sortant des chapelles, l'espérance qui brillait dans leur maintien la ramena avec humilité vers un peu de cette foi que lui avait enlevée l'intolérance d'un docteur.

— Vous êtes donc heureuse, ma bonne ? dit-elle à une aïeule infirme qui, sous le porche, lui présenta officieusement un doigt mouillé d'eau bénite.

— J'ai prié, Madame, dit la pauvresse.

— Et qui avez-vous prié?

— Mon ange gardien.

— Vous avez un ange gardien?

— Pourquoi vous étonner, dit l'humble femme qui ne sut pas se défendre d'être un peu blessée devant cette hésitation à la croire. Je n'ai pas de carrosse, Madame, mais j'ai un ange gardien comme tous les fidèles.

— Hélas! je n'en ai point, moi, soupira Ève. Je n'ai point mérité d'en avoir ou plutôt je subis une affreuse injustice : Dieu me repousse de la foi. Je me sens marquée du doigt de sa vengeance ; je suis une réprouvée !

Elle sortit l'œil sec et le regard sinistre.

En rentrant chez elle elle trouva une lettre timbrée de Blois. Hélène qui l'avait écrite ne savait pas encore les secrets dont elle était l'humble héroïne; mais elle avait été touchée de la récente sollicitude d'Arnold pour son sort; et dans l'impossibilité où elle était de

concilier les premières bontés de la comtesse,
sa première confiance en elle et sa subite et
mystérieuse colère, elle venait s'adresser à
Ève avec la naïveté de sa chaste conscience.
Elle lui demandait des nouvelles d'Arnold.
Elle racontait que venu à l'abbaye pour s'enfermer avec son oncle et lui donner à elle-
même l'assurance que Madame veillerait sur
son sort, le peintre n'avait passé là que deux
jours ; et presque entièrement occupé à re-
toucher les quatre grands tableaux qu'il avait
retrouvés intacts. En partant, il n'avait ni
promis de revenir, ni indiqué le lieu de son
séjour, et la naïve se plaignait à la comtesse de ce contre-temps et de cet oubli. Elle
exprimait sa reconnaissance pour les bonnes
dispositions qu'on lui avait annoncées, mais
elle déclarait son intention de ne jamais se
marier. Elle soignerait le sergent tant qu'il lui
resterait un souffle de vie ; et puis, si on voulait bien recevoir une pauvre artisane, elle
se présenterait dans le couvent des Dames
carmélites, réfugiées à Amboise. Là peut-être

les bontés de Madame la feraient accueillir.
Elle ajoutait quelques mots embarrassés, une
sorte de compliment de condoléance sur la
perte de M. le comte d'Hacmon, qu'elle ne se
souvenait pas d'avoir vu. Enfin et par une
transition difficile à prévoir, elle revenait
sur le sujet d'Arnold. « Soit qu'il habite
Paris ou l'étranger, ajoutait-elle, son adresse
est connue d'un commissionnaire nommé
Fontaine : M. Ferrier lui-même a indiqué le
domicile de cet homme à mon oncle, dans le
cas où nous aurions besoin de le faire informer de quelque chose touchant nos intérêts.
Je conserve avec soin, achevait la pauvre
fille, une sarcelle un peu blessée à la chasse
qui m'a été donnée du temps de M. Léo. »

Elle sait, pensa Ève avec dépit, un moyen
de communiquer avec lui, et moi je l'ignore !
Mais elle se trompe : Fontaine m'eût parlé, ne
fût-ce que par l'effet de l'affection qu'il porte
éternellement à l'ingrat. Ève connaissait peu
la discrétion du commissionnaire ! Elle le fit
venir cependant, mais tout ce qu'elle en put

tirer, c'est qu'il n'était pas impossible de faire parvenir une lettre à M. Ferrier même d'en obtenir réponse.

C'était tout ce que pouvait désirer Ève dans les délais de son deuil qui durait encore. Elle se fit indiquer la maison du serviteur, se réservant d'aller elle-même, s'il le fallait, au devant de cette réponse, ou peut-être de faire épier une demeure qu'Arnold pouvait aborder si en effet il était dans cet océan perdu qu'on appelle une capitale.

Fontaine avait pris sa part de plaisir en parlant du peintre, objet de son dévouement éternel. La voix d'un autre et la vôtre propre ne vous semblent-elles pas, à prononcer un nom long-temps retenu dans le cœur, un parfum doucement enfermé? Mais pour ce qui était d'aller au devant de la réponse : — N'essayez pas, Madame, dit Fontaine, à monter jamais mon escalier noir. Il y a toujours, de quelque barrière qu'on parte pour arriver chez mon savetier de concierge, un peu moins loin que de chez ce concierge-là à ma mansarde.

Ève, dans une lettre à la fois hardie et timide, offrait, pour un temps éloigné, sa main, sa destinée tout entière à Arnold. Cette démarche lui semblait une réparation. Elle était loin de se douter que le peintre eût pu répondre en un seul jour. — On peut donc, pensait quelquefois l'artiste, respirer près d'un être qui vous occupe, n'avoir entre vous que l'espace de quelques rues et en rester plus séparé que par un tombeau ! Qui eût averti la comtesse que lorsqu'elle passait en voiture pour rendre ses plus ordinaires visites, ou suivre ces boulevarts déserts qui lui abrégeaient la route de Longpont, une tête inaperçue se penchait à l'une de ces hautes fenêtres d'atelier ouvrant dans les ardoises, afin d'entrevoir comme deux ombres, l'enfant et la mère passer. Arnold s'était reproché plusieurs fois de s'être avoué dans le cruel égoïsme de sa vertu : — Que ne puis-je la pleurer ! le sacrifice de tous les biens de la terre je le ferais à sa mémoire. Je m'abstiendrais de prendre aucune part à une vie qui

lui serait retirée. En paix comme elle, et
plus mort qu'elle-même, j'épurerais ses souvenirs; nulles lèvres de femme, je le jure,
n'effaceraient de mes lèvres l'empreinte des
siennes. Un seul tombeau serait notre patrie.
Il est ambitieux, je le sens, d'aspirer au bonheur d'être aimé, mais ne peut-on demander
à Dieu, pour unique grâce, d'estimer au moins
la femme que l'on perd?

L'artiste était tombé gravement malade. La
fièvre avait plus d'une fois troublé cet ardent
cerveau. Il avait espéré mourir; et ensuite,
par le providentiel équilibre de tous les sorts,
il avait retrouvé quelque paix, dans son af-
faissement. Là, une résignation lui était venue
que ne lui avaient jamais donnée les forces
du corps ni la distraction du travail le plus
courageux. Ne dites jamais du mal de la fièvre! elle apporte un maintien à l'existence,
elle ranime votre sang, elle peuple vos rêves de
fantômes au moins variés. On n'a plus à vous
demander ce que vous faites de la vie: vous
souffrez. Voilà une tâche à l'existence inerte

et dévastée. La torture morale que ne distrait aucune souffrance physique, c'est le supplice qui a arraché au poète ce cri adressé à Dieu : « Faites-nous des tourmens que l'on puisse endurer! » Et qui de vous, dans les langueurs de l'ame, ne s'est pas senti un plus violent désespoir aussi, quand l'impitoyable ciel est bleu, l'atmosphère tiède, le soleil radieux et moqueur !

La réponse d'Arnold ne contenait que ces mots :

« Je voudrais pouvoir vous rendre l'honneur. Je consentirais, Madame, à ce que vous demandez, sous la réserve de vous voir dépouiller une fortune mal acquise, si je pouvais devant les hommes donner un père à l'enfant qui vous doit le jour. »

Encore les lois ! Les lois devant lesquelles s'étaient déjà heurté les efforts d'Ève revinrent en souvenir à la malheureuse femme, et sa douleur s'exaspéra de nouveau.

Un symptôme de l'amour inguérissable, c'est de s'avouer l'absurdité des espérances, la nécessité de combattre, la honte de ne pas triompher et de garder sa faiblesse. Aimer est insensé, et l'on aime. Il n'y a point d'issue et l'on marche; on le sait, on le sent, et on aime! Quand on s'est démontré l'inanité de tout espoir, on revient à espérer. On attend, comme s'il y avait une épreuve à subir et que le temps fût un conciliateur. On pleure, comme si des larmes devaient effacer l'obstacle. On est en présence de son ame, comme le médecin malade est devant les plaies de son propre corps; il sait qu'il va mourir; ce qui pourrait le sauver n'est plus en lui; il s'est dit sa sentence, et il assiste à sa défaite. Lutter contre un sentiment implacable, c'est le supplice du mineur enseveli sous les sables où pénètre à peine un peu d'air. C'est dans un cercueil fermé trop tôt, mais descendu à vingt pieds sous la terre, se débattre et crier stérilement.

Et surtout n'essayez jamais de vous faire plaindre : nul ne sait consoler. Dans l'action d'épancher sa peine, il n'y a qu'un remords

de plus à gagner. On se reprochera bientôt cette faiblesse; et la pudeur des larmes
est profanée. L'attention qu'on vous prête?
curiosité, distraction, égoïsme replié sur
lui-même et se félicitant d'être à l'abri du
naufrage raconté. L'amour-propre écoute,
il triomphe de vous voir humilié. Gémir devant un tiers c'est lui donner supériorité
sur vous. On ouvrira l'oreille, tant que vos
chagrins seront curieux ou dramatiques; et
puis quand l'abattement vous viendra, quand
il ne restera qu'à vous plaindre, l'écouteur
décontenancé trouvera dans sa propre impuissance, l'ennui. Oh! ne faites jamais pitié
à personne.

Ève sentait si bien cette inanité des confi-
deuces qu'après avoir reçu ce dernier coup
du sort, elle alla s'enfermer à Longpont. Elle
était cependant de plus en plus affaiblie et
souffrante : mais Longpont, c'était là que
Léo était venu au monde; là où il avait été
porté de l'église à la mairie pour recevoir le
nom du vieillard qui venait de mourir au

seuil même de son ambition. Elle y chercha d'abord les traces d'Arnold à son rapide passage : car il y a tant d'enchantement dans les lieux où l'on a vu ce qu'on aime! Les buissons effleurés ensemble, le banc rustique où nous avons regardé le coucher du soleil en même temps, ne sont-ce pas des monumens?

On touchait alors à la fin de l'automne, époque où la campagne semble témoigner quelque pitié pour les hommes. Le jour des Morts s'était solennisé au village, et l'appel des tristes cloches avait occupé l'oreille de la solitaire à toutes les heures, soit au fond de ses appartemens retirés, soit par dessus les bois où elle s'était enfoncée vers midi, afin d'échapper aux regards, aux respects des fermiers, puis marcher sur les feuilles sèches, et chercher quelques fleurs tardives parmi les mousses que cette saison fait reverdir. Au crépuscule, elle se trouva non loin de l'église. Elle fut frappée du recueillement universel qui descendait sur les prés. Les derniers dévots s'éloignaient silencieusement;

la petite rivière était jaune et plaintive, le
vent du soir soupirait dans les tuiles mal
jointes de l'édifice et sur une des branches
de la croix mutilée dominant le fronton, un
corbeau, quelquefois obligé de déployer ses
ailes pour se soutenir contre le nord, laissait
échapper de ces cris qui expliquèrent mieux
que jamais encore à la superstitieuse, combien on avait eu raison d'attribuer à cet oiseau noir la connaissance de l'avenir. Elle
réexamina, sous un aspect nouveau et sous
la physionomie nouvelle que donne à tout
l'hiver, les lieux qu'elle connaissait trop bien.

Voilà, touchant les murs de l'église, la maison commune du village; voilà cette humble
mairie où se garde en dépôt l'acte officiel le
plus important de l'existence du comte, le
témoignage légal de la vie de son héritier. Le
bâtiment caduc avait été autrefois un presbytère. Le paysan qui l'avait acheté en 1793,
avait offert en 1815 de le remettre à la disposition du curé; mais un jeune pasteur, aidé de
l'appui d'une congrégation puissante alors,

avait dédaigné l'asile de ses prédécesseurs
et s'était fait bâtir au loin une maison plus
saine aux dépens de la fabrique : pavillon à
deux étages, orné de contrevens verts. Le
rustique acquéreur, avide de popularité, avait
mis alors la gothique masure à la disposition
de la commune pour y établir la mairie; et
en récompense de son civisme il avait été
lui-même nommé maire. Il n'habitait pas
sous ce toit appuyé contre les murailles
même du saint temple et qui par une porte
aujourd'hui condamnée communiquait à la
sacristie ; mais il avait formé une grange
dans la partie qui n'était pas réservée pour
les fonctions municipales. La moitié du rez-
de-chaussée était la salle des mariages et des
archives; le reste un cellier. Dans une part
de sa maison, ce propriétaire ne paraissait
qu'en écharpe: il entrait dans l'autre en sar-
reau et la fourche à la main. Les greniers
étaient chargés de fourrage; et à l'angle
où avait été le passage de service entre le
presbytère et l'église, il s'élevait une meule

de blé de vingt pieds de hauteur, laissée au
dehors comme c'est la coutume dans les
environs de Paris. Ève remarqua ces dispositions parce qu'en approchant du gerbier
pour longer le mur latéral de l'église, elle
fit envoler de dessous l'abri de chaume quelques frilleux rouges-gorges qui s'en étaient
fait un refuge.

— Si les oiseaux du ciel, se dit-elle en
elle-même, trouvent là un asile, et si les
pauvres femmes qui ont récité leurs prières
se retirent consolées, pourquoi ne rencontre-
rai-je pas, à mon tour, un peu d'espérance
devant l'autel? Celui-là n'est pas desservi par
un docteur. Essayons !

Elle entra donc dans le chœur ; elle y était
seule, elle pouvait se recueillir et désirait
sincèrement mériter enfin cette foi et ce pardon cherchés avec tant d'ardeur. Pourquoi
une indomptable distraction s'était-elle déjà
emparée de son esprit? Pourquoi entendre à
son oreille murmurer déjà les paroles de la
tentation? Au lieu de prier elle se disait :

— Arnold ! il faut vous rendre votre enfant.
Il le redemande avec autorité et comme
la condition première d'un rapprochement
peut-être encore possible. Cela est juste ! il
faut le lui rendre. Un passif et dernier rempart humain s'élève seul pour le lui disputer.

Elle chercha dans sa mémoire quelque frag-
ment d'oraisons retenues depuis l'enfance :
elle ne put rien retrouver. Elle ouvrit les
lèvres toutefois, et se prit à articuler des
paroles, mais elle fut surprise et effrayée en
s'écoutant elle-même, d'entendre ceci sortir
de sa bouche :

— C'est renoncer aussi à mes droits, mais
qu'il soit le père d'abord. Si nul ne pouvait
plus lui contester l'avenir et son autorité naturelle, il m'en rendrait peut-être une part,
m'appellerait, si je dois vivre, à partager ce
bonheur. C'est de lui que je devrais le recevoir si j'étais réservée à garder en paix cet
enfant, lui qui m'a tout donné ! Je ne puis
étayer qu'ainsi la prétention d'être épouse,
absoute, aimée.. Sa reconnaissance me conso-

lerait peut-être au dernier de mes jours, et me suivra dans le tombeau. Oui, je le veux ! Cette restitution légitime il faut l'accomplir et mourir.' Mon Dieu, inspirez-moi un moyen de réparer le mal dont je suis l'artisan si je n'en eus pas la première et coupable pensée. Inspirez-le moi innocent, s'il existe.

Elle se jeta à genoux sur la pierre, et toucha de son front l'autel. Rien ne pénétra dans ce cœur encore fermé qui ressemblât à une pensée venue du ciel.

— Dieu jaloux ! murmura-t-elle en tordant ses bras de désespoir : tu es bien nommé ainsi par tes prêtres. Ils m'ont repoussée de la pénitence et découragée du repentir. Tu sais donc que je l'aime mieux que toi ! Aimer ainsi une créature dépouille donc de la pitié de Dieu ? Va ! Cette jalousie est fondée. Sourd et impitoyable maître, il faut donc que j'obtienne de la terre ce que l'appui du ciel me refuse.

Elle pleura encore, puis se relevant avec un maintien d'insensée, elle promena autour d'elle un regard farouche.

— Si je veux, se dit-elle, je puis effacer tout ce qui reste d'obstacle entre nous, tout ce qui divise le père et l'enfant. Je puis anéantir à jamais les traces d'un mensonge : car ils sont là ces papiers imposteurs. Cet acte faux, il est là ! Et s'il n'en demeurait aucun vestige les titres de la nature seraient reconquis. Un époux illusoire, un spectre a donc pu confier aux vivans le soin de continuer un sacrilége, de le consacrer, de l'éterniser ! On tyrannise donc aussi de l'autre côté du tombeau, et les cadavres en imposent encore ?

Elle saisit la lampe, suspendue devant une rustique image de la Vierge, et l'alla poser au pied du gerbier même qui en dehors de l'église s'appuyait contre la toiture de la sacristie et le pignon de l'ancien presbytère. La bise de novembre eut bientôt jeté cette flamme sur l'aliment propice qui lui était offert, et quand l'incendiaire vit commencer l'exécution de son entreprise, au lieu de fuir elle s'arrêta complaisamment et frappa dans ses mains comme un enfant en signe de joie ;

puis elle revint s'agenouiller dans le temple,
lequel ne pouvait guère échapper lui-même
à la destruction.

Ainsi trompant l'instinct naturel de l'effroi,
l'égarement saisit la comtesse et elle revint
prier là, devant le Christ, pour le succès même
de son crime. Elle se disait pendant que
grandissait le péril :

— Je lui rendrai Léo, délivré de toute
entrave, libre et nu comme Dieu nous l'a
donné, affranchi de tout carcan social, de
tout collier qui le dénonce appartenant à un
faux maître. Il sera à lui, et par le fait de
cette possession et parce que nul acte officiel ne les pourra séparer, enfin parce que je
le lui donne, moi! C'est mon testament de
mort. Oh! soufflez long-temps, nocturnes
brises. Vents d'orage, n'épargnez rien dans ce
foyer de mensonges et de tyrannies absurdes!

Des colonnes rouges éclairèrent bientôt
l'horizon. L'horloge sonna huit heures du soir
dans le clocher gothique que dévorait déjà
l'incendie. Une voix souterraine répondait

comme une basse au mugissement du feu pétil-
lant. C'était la plainte du vieil édifice ébranlé,
et les villageois accoururent avec les cris de la
consternation. Le presbytère vermoulu était
déjà dévoré ; et les flammés, comme des lan-
gues ardentes et fourchues, pénétraient dans
le chœur à travers les croisées dont le plomb
fondu ruisselait sur les dalles. Au milieu de
cet épouvantable désordre, une femme seule
restait devant le maître-autel et méditait
impassiblement. On la reconnut avec des
exclamations de terreur, et on se précipita
pour la sauver.

—Savez-vous, Madame la comtessé, quelle
est la cause de cette horrible désastre?

— L'accomplissement d'une justice.

— Avez-vous vu errer quelqu'un autour
de l'enceinte?

— Personne.

— Et qui donc aurait mis le feu si près
d'une église ?

— Moi!

XIX

L'Incendiaire.

AVE, MARIA ! c'est l'heure de la prière ; AVE, MARIA !
c'est l'heure de l'amour.

BYRON.

On reconduisit Ève à la Maison-Rouge, sous
l'escorte de plusieurs paysans armés, chargés
de la garder à vue. Cette précaution n'était
pas superflue ; car l'accusation qu'elle venait
de porter contre elle-même annonçait évidemment le sacrifice de sa vie et semblait
cacher une résolution toute prochaine. On

ne crut pas cependant, une fois les premières
heures de consternation passées, que cette
riche dame, la protectrice de la contrée, la
providence des pauvres, fût la cause, au moins
volontaire, d'un tel attentat. Tout ceci était sans
explication aux yeux des villageois. « Madame
la comtesse réparerait l'église, disaient les
jeunes filles prêtes à faire leur première com-
munion, bien plutôt que d'avoir contribué à
la détruire. » Mais pour tous, il y avait là un
mystère, peut-être un complot fort étendu et
le projet par une bande de chauffeurs d'in-
cendier le village entier et toutes les forêts
des environs. On ne se relâcha d'aucune précaution sévère pour remettre la captive au
plus vite entre les mains du procureur du
roi. On était sûr que sa présence dans l'église
à une pareille heure, attestait la connaissance
du crime qu'elle voulait sans doute arrêter,
et au moins la découverte qu'elle avait dû
faire là de quelques uns des malfaiteurs. Pourquoi les paroles qui lui étaient échappées?
C'était apparemment l'effet d'une peur qui

l'aurait troublée; mais par elle on devait apprendre enfin quelque chose. Il fallait donc au point du jour la conduire devant le magistrat. En attendant, les plus hardis du village se mirent à rechercher les moindres traces et les renseignemens qu'on pourrait surprendre. Ils se dispersèrent dans les champs, les parcs, les taillis, pour les fouiller avec des torches. Leurs brandons s'étendaient surtout le long des rives de l'Orge, depuis Villemoisson jusqu'au moulin de Guipéreux. Des cris se répondaient au loin de temps à autre; mais ils n'avaient rien appris encore et la nuit était prête à finir quand un bûcheron de Marcoussis, regagnant sa maisonnette, impatient de savoir si elle n'aurait pas brûlée aussi en son absence, remarqua le long de l'eau, en face des jardins de Lormois, quelque chose de couché sur la berge.

C'était un homme. Le bûcheron le jugea mort et n'osa en approcher tout seul. Il se cacha un moment derrière un arbre; puis quand il se fut assuré que l'homme ne faisait

aucun mouvement, cette peur redoubla. Il
s'était embusqué, bien décidé à se jeter sur
l'inconnu, s'il essayait de se lever et de fuir ;
mais tant d'immobilité lui ôtait le courage.
A peine s'il sut prendre le soin de casser silencieusement quelques brins de saule le long
de la rivière pour retrouver le lieu de sa découverte ; et il alla au devant de ses camarades. Il courait plus vite à mesure qu'il s'approchait d'eux. Il les ramena près du point
où il s'était arrêté déjà.

Au nombre de quatre, les camarades s'ap-
prochèrent et ils ne reconnurent pas le
blessé, car cet homme était blessé. Il était
même évanoui et ses habits demi-brûlés, sa
face noircie, ses mains sanglantes l'eussent
défiguré même pour ceux qui auraient eu
coutume de le voir. Au premier signe de vie
qu'il donna, le bûcheron et un autre se jetè-
rent au collet de sa blouse avec quelque
brutalité. Mais d'un regard l'inconnu intimida
cette facile audace ; puis il montra qu'il ne lui
était guère possible d'opposer une résistance

à être conduit où l'on voudrait. Les amis commencèrent alors mille questions qui se croisaient, s'étouffaient entre elles, mais l'homme ne put ou ne voulut répondre. On l'emmena. A l'entrée du bourg on le fit reposer un moment près du pont, moins par humanité que pour obtenir enfin quelque ouverture. Les captureurs voulaient quelque chose à apprendre et à redire avant les autres. L'inconnu obsédé articula enfin assez distinctement :

— Ne me menerez-vous pas devant le juge ?

— Sans doute ; et ton affaire sera bientôt faite, l'ami. Tu ne peux nier que tu as touché le feu, j'espère ?

— Je m'expliquerai quand il en sera temps, répondit le prévenu.

— Et pourquoi pas devant nous ? répliqua le bûcheron : devant moi qui t'ai vu le premier par exemple ?

— A Versailles ! proposa le meunier de Guipereux, l'un des plus officieux satellites : à Versailles !

— Versailles? interrompit l'étranger que la désignation de ce lieu semblait contrarier : ne voyez-vous pas, se reprit-il ensuite et pour expliquer plus naturellement cette répugnance, ne voyez-vous pas que je puis à peine poser à terre le pied gauche? si d'ici là, par des chemins de traverse, il faut marcher...

— Nous sommes de Seine-et-Oise, nous autres, fit observer le chef naturel de l'escouade. C'est à ce tribunal-là qu'il faudra parler, puisque tu travailles sur Seine-et-Oise.

— Moi, dit le vigneron Gaubert, je prêterai bien ma carriole, s'il le faut.

— Ah! c'est bien, fit le quatrième, tu ne veux pas que nous cheminions à pates nous autres qui devons escorter ce scélérat.

Le vigneron ne démentit point l'intention de bienveillance qu'on lui attribuait envers des voisins et confrères; mais il regarda de nouveau, avec une compassion déjà éveillée en lui, le sang du prisonnier qui coulait le long de la jambe gauche.

Pendant qu'on attelait la carriole à Gaubert,

le village s'ameuta devant le seuil de la grange
où l'on avait déposé le criminel, sur une botte
de luzerne. On le laissa voir à tous et nul
ne put se rappeler d'avoir vu habiter, rôder,
ou passer même dans la commune ce personnage accusé.

— Est-il jeune ou vieux? demandèrent les
femmes.

— Si défait, dit le percepteur, et brûlé, et
noirci, qu'on n'y reconnaît rien.

— Il faut le débarbouiller donc! cria la voix
aigre de Mme la mairesse. Il s'est peut-être
bien fait un masque exprès avec de la suie.

— Il est bien saignant et déchiré dit Gaubert : il n'y a qu'une main de chirurgien qui
puisse approcher de ce visage-là.

— C'est un carliste. Ils veulent se venger
de la révolution, dit la commère.

— C'est un bousingot, cria le sacristain :
ils veulent abolir nos propriétés.

— C'est un marchand forain.

— C'est un voleur de saints-ciboires.

— A Versailles! à Versailles! répétèrent

en chœur les gamins. Nous irons le voir fait mourir.

Au milieu de tant de soupçons discordans , la population était unanime à ne laisser échapper aucune parole touchant la comtesse. On se faisait des signes , on se montrait réciproquement un doigt posé sur la bouche pour indiquer, à l'instigation de M. le maire, qu'il ne fallait donner au criminel aucune pensée qu'il pût y avoir déjà un de ses complices découvert. On faisait effort, en même temps , pour hâter les préparatifs de départ , afin que celui-ci partît le premier, et que nulle intelligence ne devînt possible ni directement ni indirectement , entre deux prévenus assez différens d'extérieur et de conditions apparentes.

L'étranger sembla vouloir adresser une question ; mais elle mourut sur ses lèvres. Le bûcheron s'approcha et se baissa pour la recevoir ; l'inconnu détourna la tête. Alors ce prisonnier se recueillit, et observa, avec un sang-froid qui donna de lui aux assistans une atroce idée , les ruines encore chance-

lautes de la pauvre basilique et tout le spectacle d'un incendie expirant. C'était en effet
un beau, quoique sinistre appareil ! La masse
de l'air empourpré, emportée par un seul
rumb de vent matinal, marchait comme la
crinière d'une comète. Les débris du blé, du
foin et des papiers consumés erraient çà et là.
On eût dit des essaims d'insectes, des familles
de noires abeilles, des fourmis aux ailes traî-
nantes. On eût cru revoir une de ces plaies
d'Égypte qui dévorèrent les champs maudits
de Pharaon. Les pans de l'église, maintenant
dentelés, dominaient le monceau écrasé
des poutres et des pierres calcinées qui avaient
été la mairie ; et au dessus, dans ces nuages
que touchait naguère le clocher, quelques
orfraies décrivaient leur vol avec les plaintes qui redemandaient un abri contre le jour
et leur retraite durant les longs hivers.

La messe une fois célébrée en plein air, sur
la pierre nue servant d'autel où se posent
d'ordinaire les cercueils, le curé sans surplis,
le vin mystique dans des vases profanes, le

départ de l'inconnu, enfin exécuté au milieu
des malédictions de toute cette paroisse, on
avertit la comtesse que sa voiture était prête.
Le maire, et un autre acolyte accompagnèrent, sans démonstration de surveillance
extérieure, l'étrange coupable que personne
n'accusait encore qu'elle-même. Elle demanda
à passer par Paris : et avant de se rendre près
du préfet de police qui avait si particulièrement connu le comte d'Hacmon, elle voulut
descendre à son hôtel. On fit peu de difficulté
à lui laisser là donner quelques ordres et
régler ses plus pressans intérêts. Elle s'em-
pressa d'écrire, fit venir Fontaine et lui confia
son enfant. Le serviteur éprouvé eut ordre de
ne remettre Léo qu'à M. Ferrier lui-même,
et avec une lettre que la mère n'acheva pas
sans verser d'abondantes larmes.

« Adieu, disait-elle. Ce que vous avez voulu, Arnold, est accompli. Vous exigiez mon
fils avec l'autorité d'un maître si absolu que
rien n'a coûté pour vous obéir. Nul obstacle
légal ne vous séparera plus tous les deux ! J'ai

anéanti jusqu'aux titres de la mère pour ré-
tablir exclusivement vos droits. Le sacrifice
que je pouvais offrir pour combler vos vœux
était peu de chose : la vie. Je n'ose dire que
je l'aie donnée sans regret.. et pourtant qu'a-
vais-je à faire dans un monde où ni vous ni
Dieu ne voulez pardonner? »

Fontaine avait été prêt de refuser l'entre-
mise de son zèle quand on lui avait proposé
de se charger de cette mission.

— M. Ferrier n'est peut-être pas à Paris,
Madame. Il y a deux jours que je ne l'ai vu;
je ne sais où il est allé.

— Je le sais, moi! avait répondu la jalouse
comtesse. Il s'est rendu aux environs de
Blois. Voilà comment est récompensé un
dévouement !

Elle voulut se rétracter sur la résolution
de restituer Léo, reprendre et déchirer la
lettre déjà passée aux mains de Fontaine;
mais l'intelligent intermédiaire se ravisa. Il
crut servir son maître volontaire en gardant
tout ce qui lui était déja confié. Il voyait l'im-

minence d'un grand péril, bien qu'il n'en saisît pas encore la cause. Les regards de tous ces hommes présens étaient si austères! On pressa Ève de remonter en carrosse, et le commissionnaire s'aperçut enfin qu'il était temps d'éloigner un trésor que déjà une fois il avait aidé le père à ressaisir.

— Où me mènes-tu? Je ne veux pas aller avec toi aujourd'hui, fit Léo.

— Nous choisirons des estampes.

— Eh! personne ne me montre plus à dessiner.

— Nous irons voir un monsieur.

— Point de monsieur!

— Arnold : prononça Fontaine tout près de la petite et mutine oreille.

Et l'enfant sauta au cou de son guide, et ils disparurent tous les deux.

L'Excellence du préfet se déclara incompétente devant le dépôt qu'on offrait de lui transmettre. Il fut témoigné ostensiblement beaucoup de respect pour la grande dame souffrante. On offrit des rafraîchissemens.

On étala le plus complet éloignement à croire à sa culpabilité, dont les tribunaux pouvaient seuls désormais connaître ; mais on fit en secret escorter la voiture par quelques agens de plus, et on recommanda aux autorités de Longpont la plus vive célérité, la plus exacte surveillance jusqu'à ce que la prévenue fut écrouée à Versailles, juridiquement.

Ève avait perdu la tête. Pourquoi, si elle avait voulu vivre, se laisser arrêter ? Pourquoi n'avoir pas au moins reconquis sa liberté sur la route quand il lui était facile d'essayer sur trois hommes presque dévoués, l'influence de ses dénégations contre un premier aveu ? A Paris encore, elle pouvait employer les prières et enfin l'offre de ses richesses ; car toutes les puissances humaines, elle les avait à sa discrétion, depuis la beauté jusqu'à la force, depuis la tyrannie jusqu'à la faiblesse. Elle aurait donc pu gagner la frontière, et franchir pour jamais l'Océan. Elle en eut la pensée au moment où sa voiture pénétra sous les sombres avenues de Versailles et traversa cette Place - d'Armes d'un aspect si menaçant. Il était trop tard! Et puis, elle se croyait désintéressée de tout avenir après avoir su rendre à Léo son père. Elle appartenait toujours, en dépit de ses forces décroissantes, à la jalousie et à l'amour. Il fallait, dût-elle y laisser son sang, rester aux lieux où Arnold respirait encore, en liberté.

O Versailles! séjour de deuil et de tristesse, est-il une ville au monde d'un plus glacial aspect que le tien? Pays des douairières et des casernes, patrie des buis, des ifs, du vent, des eaux stagnantes, paysage de bronze et de marbre, bosquets verrouillés et enceints de grilles, arbres qui semblez pétrifiés vous-même, qui n'a maudit votre influence, s'il est allé chercher là, dans un jour de regret, quelque consolation à ses mélancolies? Nature que l'art a flétrie, palais sans entrailles comme ton roi fondateur, désert pavé, solitude tirée au cordeau, majesté sans grandeur, lieu ennuyeux comme un prodige, chez toi l'hiver est plus hostile : et au printemps le sable et le soleil y blessent plus qu'ailleurs les yeux attendris de larmes. Qui donc, étant fait pour la solitude, et cultiver la pensée et vivre un instant du miel de la poésie, voudrait de toi, même pour un tombeau?

Lorsque la comtesse se vit en prison, elle faillit succomber à l'accablement. L'abandon des forces, le désœuvrement, le dégoût, le froid se glissèrent dans ses membres, à l'attente des longues heures qui allaient décider de son sort. Il y a si loin de l'ardeur qui exécute, alors que la passion commande, à la prostration où tombe l'ame quand la violence est accomplie! Passer du luxe des hôtels au dénuement, aux murs dépouillés d'un cachot! Le crime accompli est si taciturne et si laid!

Il fut rendu cependant à Ève un motif d'existence inattendu par une nouvelle raison de souffrir. On lui parla, dès son premier interrogatoire, d'un complice. On lui annonça qu'il lui fallait être confrontée avec un homme assez grossièrement vêtu : un paysan jaloux sans doute de la propriété de ses voisins, ou quelque vagabond enrôlé à ses gages.

Rien ne peut rendre l'irritation qui s'empara alors de l'accusée et la fit revivre convulsivement. Dans son dédaigneux mépris, dans sa superbe révolte contre l'accusation d'avoir un complice, elle n'épargna au juge d'instruction ni sa pitié pour cette crédulité absurde, ni l'horreur qui se peignait dans ses regards à la pensée qu'ainsi pouvait marcher la justice humaine. On saurait donc trouver, dit-elle, un coupable de plus et une préméditation où tremperait un tiers dans l'action dont la pensée ne m'avait pas même abordé l'esprit un quart d'heure avant l'exécution !

— Et ce complice, Monsieur, demanda-t-elle, il me connait, sans doute?

Et elle avait articulé le mot Monsieur, comme si elle eût prononcé : imbécile.

— Il ne l'a pas avoué encore, dit le juge stupéfait.

— Quel est-il?

— S'il cachait son nom, Madame, je ne devrais informer personne de cette circonstance.

— Quel intérêt lui supposez-vous dans l'action que vous prétendez poursuivre?

— Savons-nous, Madame, le motif qui vous y a poussée vous-même? Voulez-vous enfin le déclarer à la justice?

— Ceci est entre Dieu et moi, dit Ève. Vous avez puissance de frapper, non de savoir.

— Êtes-vous en ce moment disposée, Madame, à subir, ajouta le juge, une épreuve qui ne peut du reste vous être épargnée, d'ici à vingt-quatre heures? Voulez-vous voir le prévenu arrêté; voulez-vous que je le fasse comparaître?

— Je le veux, dit Ève avec l'emportement de son caractère. Qu'il vienne l'innocent qu'on persécute ou le misérable qu'on soudoie, je ne sais encore par quel complot de cupidité ou de vengeance. Mais vous n'avilirez point une action dont la portée ni le mystère ne vous seront jamais connus. Qu'il vienne!

— Remettez-vous, Madame : vous avez besoin de votre sang-froid.

— Il n'est ici besoin que du sentiment de

dignité qui me soulève le cœur, dit la coupable.

Le cabinet du juge s'ouvrit alors pour obéir à un ordre qui venait d'être transmis, et Ève s'élança au devant de l'inconnu par un mouvement d'indignation impossible à contenir. Elle vit l'homme qui se déclarait, croyait-elle, son complice, et elle ne poussa qu'un cri de détresse.

Cet homme, c'était Arnold.

Et ce nom, ce nom si cher, il s'était échappé à cette vue de la bouche même de la comtesse :

— Arnold, où est mon fils !

Le greffier écrivit ce peu de mots, sur l'injonction rapide du juge.

L'artiste, après la lettre où il refusait la fortune et la main de la comtesse, avait senti non pas un remords sur sa résolution personnelle, mais une profonde affliction du coup qu'il allait porter à la mère de Léo. Il avait su que, partie pour la campagne, elle n'était pas accompagnée de leur enfant. Cette séparation si inaccoutumée lui avait donné des pressentimens ; et il approchait de Longpont au tomber de cette nuit même dont nous avons vu s'éclairer les ténèbres. Comment avait-il agi, là? puis arrivé aux bords de la rivière, saisi, soupçonné, se trouvait-il en une confrontation si périlleuse avec la comtesse? Le récit de la simple vérité n'était pas croyable. Arnold s'était obstiné au refus de se nommer avant d'être en présence du magistrat; et maintenant la double et si visible émotion des accusés, ce nom de l'agent prétendu échappé au soi-disant instigateur établissaient des présomptions formidables.

Pour nous, qui touchons au terme de cette tâche, nous abrégeons ici les détails d'un procès dont on retrouverait peut-être, en les cherchant beaucoup, les longues audiences dans quelques gazettes judiciaires. Vous, pour qui j'achève ce récit, vous préférerez à l'intérêt usé des cours d'assises, à quelques banales émotions à l'usage d'un autre esprit que le vôtre, les conclusions philosophiques du drame. Vous aimez mieux les sentimens que les faits disséqués, la poésie et la moralité des choses que leur matériel programme : il faut essayer de vous satisfaire.

Malgré la contenance d'Arnold et sa discrétion à éviter tout ce qui pouvait annoncer de secrets rapports entre lui et la comtesse, l'identité de sa personne fut bientôt constatée : Son domicile envahi et visité, on y retrouva cette lettre de la veuve qui proposait un mariage. Alors le ministère public, à l'aide d'interprétations et appuyé aussi sur une sourde rumeur qui grandissait incessamment, se trouva sur la voie de l'intérêt d'avenir qui pouvait avoir associé les prévenus. La notoriété établissait qu'ils avaient eu de précédentes intelligences, et à Longpont même. On soupçonna le peintre d'un mystérieux attachement pour Léo. Et quand le président demanda à la comtesse par quel explicable motif elle aurait pu vouloir anéantir un dépôt d'actes où se conservaient des titres propres à lui assurer à elle-même la possession d'un état splendide, Arnold avait pâli.

L'avocat général déplora à son tour la

perte de registres qui allaient mettre en
question l'existence de quelques centaines de
familles. Il insinua quelque chose de la réalité touchant une parenté immorale. Il montra l'audace appuyée sur l'adultère, le second
crime procédant du premier, puis il conclut
à charger le peintre exclusivement. C'était
l'orgueil poussé jusqu'au délire qui n'avait
pas, disait-il, pour s'approprier un enfant
quelque jour, reculé devant ce crime inouï :
attenter aux propriétés des citoyens, au domaine public, à la maison de Dieu! Il pei-
gnit Ève comme une raison faible, égarée.
Dans l'accusation gratuite dont elle s'était elle-
même chargée, il ne vit qu'un dévouement
tout romanesque et un acte de démence avé-
rée. Enfin il rappela que nul ne peut être
condamné sur son propre aveu. La présence
de la comtesse à l'église était, dans son système, fort naturelle sur ses propres terres,
un jour de commémoration consacré aux
morts, elle qui venait de perdre récemment
son époux! Mais il demanda ce que voulait sur

ce lieu un étranger suspect et à peu près surpris dans une flagrante exécution du crime.

Arnold enfermé dans une force d'inertie absolue, n'avait opposé que le silence aux charges articulées contre lui et à la peine qu'on appelait déjà sur sa tête : car se justifier eût été accuser Ève. Ève ne se lassait point de se dénoncer. Les paroles de l'un, le silence de l'autre composaient successivement un combat de générosité qui toucha plus d'une fois l'auditoire. La comtesse demandait comment aurait été mis le feu. Elle défia de prouver qu'Arnold eût seulement pénétré dans l'église d'où avait été tirée cette lampe d'argent retrouvée sous les cendres de la meule consumée. Elle seule, répéta-t-elle, l'y avait spontanément jetée.

Les débats clos, un défenseur que le tribunal lui avait donné d'office, Ève le désavoua. Elle lui imposa silence au nom du respect qu'on doit à un malheur même volontaire, et à la vérité.

Quand vint le tour d'une plaidoirie en fa-

veur d'Arnold, Ève témoigna plus d'impatience encore. L'avocat bâtissait pour son
client qui ne l'écoutait point, je ne sais quel
système d'alibi fondé sur la distance entre la
berge de la rivière où il avait été trouvé et
le lieu même de l'incendie. Mille incidens pouvaient avoir produit sur le voyageur les blessures qu'on avait constatées. La vie errante
d'un peintre n'avait pas besoin de matériels
motifs pour expliquer la fantaisie des excur-
sions, puis il se replia à dire : Ce n'est point
l'innocence d'un homme irréprochable que
je suis chargé de prouver, mais bien sa culpabilité qu'il vous faut établir. Or nulle déposition ne constate qu'on ait vu agir l'accusé.
Il n'était pas sur le lieu de l'incendie.

— Il y était ! s'écria Ève. Et je vais vous
expliquer, moi, cette ame que vous ne sauriez
comprendre.

L'autorité d'une telle conviction et le trouble qui saisissait la comtesse imposa à tous.
Elle s'était levée dans ses noirs vêtemens,
derrière la place même de l'avocat interdit.

L'assemblée devint tout émotion , tout oreille,
devant ce pâle et nouveau défenseur. Il y avait
dans son zèle pour le prévenu et dans les
longs regards dont elle le tenait embrassé, il
y avait écrit : C'est moi qui l'ai conduit là !

— Cet homme , dit-elle , a qui j'ai offert la
fortune qui m'obsède, a tout refusé. Mais,
touché malgré lui de mon sort, il est venu au
lieu où le chagrin m'avait enfermée. Là ; il a
vu commencer le désastre , et sans soupçonner les causes qui m'ont portée seule à le
produire, il n'a écouté que l'instinct de son
courage et s'est précipité au milieu du péril. Il
a fait pour l'arrêter des efforts surnaturels. Je
ne l'ai vu que des yeux de l'ame : j'atteste Dieu
que je ne saurais me tromper! Il aura combattu
jusqu'à ce que lui-même atteint de blessures
profondes, il ait été réduit à l'impuissance d'ex-
poser plus long-temps ses jours : et alors, en
voyant s'approcher de meilleurs secours que
les siens, il a dû céder sa place aux paysans
accourus bien tard. Il s'est éloigné pour
échapper au double et inutile danger de suc-

comber sans succès et d'être découvert près de ma demeure. Ses forces ont trahi ce dernier courage. On l'a trouvé sanglant, à cinq cents pas du presbytère qu'il eût voulu préserver ; et vous poursuivez ici en criminel celui à qui seraient dus des remerciemens, des hommages, et votre croix d'honneur si elle était une récompense !

Le front d'Ève avait rayonné de conviction en improvisant ces paroles. Elle lisait dans la transparente conscience d'Arnold, elle inventait la vérité.

Quand elle eut adjuré, en finissant, les auditeurs de déclarer si dans le cours du procès elle avait fait acte de déraison, et demandé si elle n'était pas digne de confiance alors qu'elle assumait seule la responsabilité d'un fait émané de sa seule volonté, les forces l'abandonnèrent. Il fallut l'emporter hors de l'enceinte.

L'intérêt que ce dévouement avait excité se calma dans la salle des délibérations. Les jurés s'y retrouvèrent presque honteux de l'ébranlement qu'ils avaient subi.

— Et tu crois tout cela, toi? dit le plus influent à son compère.

— Du tout.

— Est-ce qu'il est possible qu'une telle action soit exécutée par une femme, et pour supprimer ses garanties de fortune?

— Tu me juges bon enfant!

— Ne t'ai-je pas vu les yeux rouges, sous ton bonnet de soie noire?

— Effet d'un rhume de cerveau. Je sais aussi bien que toi peut-être que nous ne sommes pas ici pour nous attendrir. Il s'agit de venger la société, n'est-ce pas?

— Un individu arrêté, d'ailleurs, a toujours tort, dit un de ces prud'hommes. S'il n'a pas fait le mal qu'on lui impute, il en a fait d'autres. Un exemple!

Le jury se trouvait composé presque entièrement de propriétaires de champs, fermiers de Beauce, meuniers d'Étampes; et l'image de la destruction portée dans un gerbier, leur avait donné à tous des transes pour leurs spéciales richesses. Tous étaient frappés de l'urgence d'effrayer des malfaiteurs qui penseraient jamais à compromettre des fermes et des récoltes. Une sévérité exemplaire était jugée plus utile encore aux fortunes privées qu'au respect des églises et des maisons communales.

Ève qui ne parut nullement à craindre à cet égard, fut absoute à la presque unanimité. Quand faute de pouvoir la ramener sans force au tribunal, on vint lui faire connaître dans sa prison les dispositions du verdict qui lui étaient personnelles, elle retrouva sa présence d'esprit et interrompit tout par cette seule et impérieuse question :

— Lui! lui! est-il en liberté?

Le greffier baissa la tête.

Le docteur Perricault, introduit chaque jour dans cette prison où sa présence était indispensable à l'état de la malade, se hâta de lui dire :

— On obtiendra une commutation de peine.

— Erreur! Monsieur, dit-elle. — Et vous, en se tournant vers l'officier du parquet

dont le maintien voulait confirmer cet espoir :
Vous mentez sciemment! Il fallait ou le condamner ou l'absoudre. L'imputation d'incendie emporte la mort. Point de terme moyen.
Récompensé comme le modèle de la vertu
même, ou assassiné ainsi que les Calas et les
Lesurque. Hommes de sang et d'erreur, puis-
qu'il n'est pas libre, il va mourir !

— Aucun ordre, Madame, répondit le
greffier....

— Si vous reculiez l'exécution de la sentence, c'est que vous n'auriez pas le courage
de votre aveuglement. Vous avez peur que
le peuple ne se soulève et ne l'arrache de vos
mains! Vous retarderez peut-être votre san-
glante injustice par une précaution de lâcheté ;
mais il ne peut vous suffire de sacrifier celui-
ci, il faudra révoquer encore l'acquittement
qui me frappe : je proteste contre la désignation du coupable. Ce coupable, c'est moi! et
je jure de nouveau que je saurai périr ou dé-
livrer celui qui est innocent.

Ève, sur une gazette qu'on lui apporta, vit

qu'en effet l'accusé était condamné à mort :
mais recommandé à un adoucissement de
peine, d'après cette circonstance : « que l'incendie n'aurait causé à personne ni la mort
ni de graves blessures. » Elle persista à ne
voir qu'un piége dans cette clémence insidien-
sement annoncée. On voulait arrêter par-là,
pensa-t-elle, toute tentative de délivrance en
faveur de la victime. Et quand on lui signifia
à elle sa liberté, qu'on la lui rendit presque
par force, elle répéta l'expression de son
horrible crainte.

— On parle de l'envoyer, Madame, insista
un autre consolateur, subir la détention dans
quelque forteresse.

— Oui! vous éloignez de Paris tous les
condamnés qui inspirent l'intérêt universel.
Vous avez, pour remplacer Vincennes et la
Bastille, Doullens, Clairveaux, le mont Saint-
Michel ; là, vous êtes maîtres de la destinée
de vos captifs !

Cependant le pourvoi à interjeter et les délibérations sur cette douteuse commutation

devaient épuiser un mois encore. Ce n'était
guère avant ce temps que le condamné devait
ou subir son arrêt ou être transféré. Ève se
retira à Longpont. Là, elle dicta un testament où, sur les fonds de son riche douaire,
elle commença par ordonner qu'on rebâtit
splendidement l'ancien presbytère et l'église.
Puis, s'absentant par intervalle pour de mystérieux voyages à Blois, s'affaiblissant de
jour en jour par la lente et irréparable action
du poison autrefois subi et évitant constamment tous les yeux, elle passa bientôt pour
avoir succombé. C'est elle qui prit soin d'accréditer cette fable. Elle était morte à Longpont pour ses connaissances de Paris ; à Paris
pour les habitans de son village.

Plusieurs projets l'avaient conduite à établir elle-même cette erreur. Elle savait,
pour premier motif, que l'autorité la soupçonnerait toujours prête à sacrifier d'immenses sommes à l'affranchissement de l'artiste,
et cette suspicion devait faire autour de lui re-
doubler toutes les rigueurs de la surveillance.

On crut assez facilement la fausse et sinistre nouvelle, on l'imprima même sans aucune
réclamation : et Arnold qui l'apprit derrière
ses noires murailles, pleura. Il savait toutefois Léo en sûreté; Fontaine l'avait conduit
à l'abbaye et confié aux soins d'Hélène. Dès
lors, il se résigna à subir l'une ou l'autre des
deux destinées qui planaient sur sa tête;
mais au fond de sa pensée, il se disait :

— Tant qu'on n'aura pas aboli la captivité
sans terme, s'apitoyer sur le dénouement des
échafauds, c'est professer une pitié aveugle
et une philanthropie fausse. La mort est
douce devant ce supplice emprunté à la catholique invention des enfers. Oter la vie, ce
n'est que briser des liens respectés seuls dans
l'homme par un instinct misérable; mais
enfin c'est le rendre à Dieu, c'est avancer d'un
jour sa liberté immortelle, tandis que l'en-
chaîner dans sa force, le jeter dans la fange
des cachots, l'arracher à la mission qui lui a
été prescrite d'agir tant que la puissante
énergie lui reste, c'est une usurpation plus

sacrilége. Cette mort de tous les jours leur paraît un progrès humanitaire! C'est un révoltant attentat contre la volonté souveraine. Cette vengeance de la société contre un seul ne suppose ni pitié pour le martyr ni colère qui absolve l'offensé.

Une nuit, on vint interrompre ces réflexions et le transférer par ordre subit, sans être informé de son sort. Il fallut partir.

On lui fit secrètement et très rapidement traverser une partie de la France. Cette action de voyager, de voir encore se dérouler sous ses yeux le mouvement ét les travaux des hommes exalta en lui la passion d'être libre.

— Vouloir, se disait-il, mettre à la place du besoin de ses semblables l'isolement qui dévore le cœur, faire de la jeunesse l'immobilité des vieillards, de l'ardeur du sang l'impassibilité de la pierre, c'est trahir toutes les fins divines et humaines. C'est pratiquer le plus stérile et le plus lâche des crimes publics. Nos dépouilles rendues au sol peuvent être du moins profitables, mais la lente immolation d'un prisonnier que peut-elle engendrer qui ne soit le mal pour lui-même et pour la tyrannie qui l'opprime ? A quoi vous servent, mes frères, nos douleurs de corps et nos dépravations de l'esprit ? Vos lois se reprochent d'attenter au pouvoir de Dieu en brisant sa créature et en retranchant à un mortel quelques heures de son exil, et votre conscience vit en paix quand vous lui dérobez l'air, la lumière, et toute résignation à souffrir ! Vous aggravez nos pires destinées. Dieu lui-même impose la mort, jamais la captivité éternelle. Et ce prétendu gracié, s'il avait un art, seule consolation de sa vie ? s'il avait à élever son enfant, vous frapperiez à la fois deux êtres ? — Léo où es-tu ! Eve, j'envie votre sort ! — Hommes, l'activité de l'ame vous la faites descendre à l'abrutissement végétal : avant le trépas vous créez des cadavres, et vous vous supposez clémens !

Il poursuivait sa route avec une croissante amertume, et cherchant quelquefois des adoucissemens à son sort par le souvenir d'illus-

tres infortunes : — Lorsque de la tour de Cadix
Colomb n'apercevait , par l'étroite meurtrière de son donjon , qu'une toise de cette
mer dont il avait en vainqueur parcouru tous
les rivages ; quand tous les événemens de cette
vie immense se réduisaient à voir blanchir
une écume , à distinguer la nuit du jour, à
surprendre un furtif éclair, ses bourreaux
s'intitulaient religieux et justes ! Dans l'hôpital des fous , le Tasse , les yeux blessés par
un rayon de soleil brisé entre ses barreaux ,
ou réveillé dans son repos convulsif par le
hurlement de ses compagnons , était-il donc
un monument de la pitié des princes ? O
Ferdinand et Alphonse, que ne plongiez-vous
à l'un et à l'autre de ces captifs un acier
dans le cœur ? La postérité pardonnerait
peut-être à votre mémoire : vous ne seriez
que des assassins !

XX

Le mont Genèvre.

Son pied a la blancheur de la neige nouvelle :
Sur la terre en silence il se pose comme elle
VALLÉE AUX LOUPS, *T. II, inédit.*

— Vous avez choisi là une drôle de saison pour passer en Italie, mon brave?

— C'est que notre maîtresse est malade, répondit enfin le voyageur à l'hôte curieux du Monestier, un chétif bourg perdu dans les Hautes-Alpes. Milady va au devant du printemps, les médecins l'exigent, et il n'y avait

pas un moment à perdre pour se mettre en
route.

— C'est une anglaise que cette belle dame
pâle ?

— Apparemment. Si elle n'était pas si faible, nous ne serions pas restés depuis bientôt
une semaine dans votre pays de marmottes.

— On n'y manque de rien pour bien vivre,
dit l'hôte attablé en ce moment près du plus
vieux des quatre étrangers descendus chez
lui. Voilà du gibier et des truites ; mais vous
laissez passer les plats et la conversation sans
rien entammer, depuis une heure.

— J'ai trop froid, dit le convive qui s'a-
percevait que sa préoccupation allait être re-
marquée et voulait n'attirer aucun soupçon
sur son séjour et celui de ses compagnons
de voyage. Pour être bien ici il faudrait dormir comme le lièvre sans os que voilà dans
ce pâté. On ne voit, par vos étroites fenêtres
que des draps blancs étendus sur toutes les
montagnes, et on se chauffe assez mal avec

— Eustache rapportera ce soir quelques branches de sapin en revenant de Briançon.

— Il s'appelle Eustache, votre aîné ? Quel diable de nom, Eustache ! J'aimerais autant ne pas m'appeler du tout.

— Vous en avez donc un beau, vous, de nom, dit l'aubergiste, pour vous moquer de celui des autres ?

— Je m'appelle Fontaine pour vous servir, dit le pélerin.

— Merci, je n'en use pas, fit l'hôtellier.

— Et vous n'avez pas un livre à prêter à madame ?

— Si fait : la statistique du département.

— Vous n'avez donc jamais fait d'études, vous ?

— Au contraire : et j'ai dans la tête toute ma bibliothèque.

— Reliée en veau, n'est-ce pas ? dit le commissionnaire. Ça nous avance fort peu. Voyons la statistique.

Fontaine examina surtout la carte qui était jointe au petit volume ; et après un moment de réflexion :

— Mais, dit-il, pour des passagers qui ne peuvent, comme nous le faisons, que s'aventurer sur des mulets pour traverser vos déserts, il me semble qu'il ne serait pas absolument indispensable d'aller jusqu'à Briançon pour gagner la route de Suze et être dans le Piémont au moins un jour plus tôt.

— Certainement, dit l'hôte ; mais c'est un sentier perdu, mon brave : on y rencontrerait mieux des avalanches que des secours, et des bandits que des auberges.

— Ne nous avez-vous pas vendu de la poudre et des armes !

— On peut quitter la route à une lieue d'ici, plus près de Briançon, entre Lasalle et Saint-Chaffrey, passer le torrent du Clairot au Val des Prés, et on descend de là avec la Doire. Ça abrège ; mais c'est difficile et périlleux en diable. C'est un col de chasseur. Il n'y a que les contrebandiers sardes qui pratiquent communément cette corniche.

— Viennent-ils ici quelquefois ?

— Je croyais que vous en aviez vu déjà un

ou deux. J'en attends une bonne couple encore ce soir pour renouveler nos provisions d'eau-de-vie et de tabac. Mais tenez, vous n'êtes pas homme à nous vendre, ils sont déjà ici à se reposer dans la cave. Vous pourriez prendre langue sur ce passage à suivre.—Vous ne tenez pas à voir la citadelle à ce qu'il paraît?—Mais jamais cette dame et le joli petit enfant ne se tiendraient sur une monture qui descend à pic. Il n'y a que vous et ce jeune militaire à qui la tête ne tournerait peut-être pas. Où est-il donc allé ce bon vivant? je ne l'ai pas vu depuis ce matin.

— Jusqu'à Lagrave, dit Fontaine.

— Il est retourné sur vos pas?

—Pour retrouver un objet que madame avait oublié, un nécesaire je crois : je ne sais pas bien.

— Nécessaire? ah! vous pouvez être tranquille, dit l'hôtellier : le maître de l'Ours est aussi honnête et poli que moi-même. Nécessaire! Vous ne perdrez rien. Nécessaire! se répéta-t-il à lui-même.

En ce moment l'envoyé de Lagrave rentra.
Il était couvert de givre. Le chapeau conique
et les plis raides de son manteau lui donnaient
la forme d'un pauvre sapin détaché de la montagne. Son souffle était visible au milieu de
l'air froid autant que la légère vapeur d'un
cigare. Ève qui de loin l'avait vu venir, le fit
monter vite dans la chambre haute d'où elle
passait le jour les yeux à l'horizon, comme
la sœur Anne de nos traditions populaires.

— Il a couché à Lagrave! dit le jeune homme
d'une voix hâletante. L'escorte marche à pied,
comme lui. Cinq hommes! Il a gagné une
étape avec la dernière brigade, pour dessiner
encore une fois avant de passer le seuil de la
forteresse. Il faut l'enlever sur la route, Madame: il est perdu s'il arrive à Briançon!

— Je compte sur votre assistance, Lucien;
votre courage, mes braves, le sien, et aussi
ma résolution.

— A la vie et à la mort, dit le sous-officier.
Après ce que vous avez fait pour moi, Madame,
et pour Hélène...

— Nous aurons du renfort! interrompit Fontaine se glissant à son tour dans le conseil de guerre. J'embrigade deux piémontais qui ne sont point cousins des gendarmes. Mais le chemin qu'il faudra percer n'est pas praticable, Madame, à tout le monde. Ni vous ni l'enfant ne pouvez penser à le suivre. Il faudra, avec un guide et des mules, gagner la ville par leur prétendue grand'route. Nous vous donnerons rendez-vous au bas de la montagne. Vous serez attendue là près d'un châlet, où se fabrique de la térébenthine, par la femme d'un de nos chasseurs de chamois. Elle va être prévenue : son filleul redescend. Vous trouverez ce guide-là sur la route même au pied d'une croix et vous n'aurez qu'à dire : Est-ce là la Croix de bon secours ?

Ève sourit à la proposition seule de déserter un danger et ne prit pas même la peine de répondre, tant elle sentait croissante en elle la force et l'énergie du flambeau qui s'éteint.

Nos voyageurs prirent sans retard les devans et allèrent attendre l'escorte dans un lieu assez propice, à l'angle même du chemin de passe, embusqués sous une voûte de granit creusée en arche de pont. Un reste de feu abandonné par des pâtres aida un peu à supporter l'inclémence des Alpes. Léo cherchait du cristal de roche. Les milans passaient avec des cris au dessus de leurs têtes; et la comtesse regardait dans ce morne paysage quelques longues perches enfoncées par intervalles dans les neiges pour indiquer le bord des précipices. Elle s'était assise au pied d'un genévrier qui depuis le printemps n'avait pas entendu le clairon du réveil. — Mort comme mon cœur, se disait-elle; il est dans la forêt ainsi que moi-même au milieu de mes frères vivans. Et elle écoutait l'écho des avalanches précipitées au loin. Le temps était à la tourmente. Une nuit factice vint couper en deux cette journée d'hiver. Les superstitieux dauphinois qui formaient l'escorte, s'avancèrent enfin, mi-partie soldats, mi-partie gardes nationaux. Ils psalmodiaient des noëls ou se racontaient de miraculeuses légendes.

— Tu n'y crois pas, toi, Victor, au Moine-Bourru, disait l'un. J'ai bien souvent remarqué sa trace. C'est un petit sentier dans les bois où passent les morts. Les feuilles desséchées marquent la route.

— Mon grand-père, dit un autre, a bien arrêté une fois un loup-garou qui se débattait si fort qu'il ne put le tenir. Alors, il lui coupa une pate, et le lendemain on trouva une main d'homme dans la carnassière.

— Claude, fit un troisième, a rencontré un soir un voyageur au gué du Clairot. Ils se sont aidés à franchir les roches, et ils ont causé amicalement. L'inconnu en le quittant lui a donné une poignée de main. Claude n'a senti aucun mal; mais au grand jour sa main s'est trouvée toute noire.

— Eh! l'inconnu était quelque charbonnier, interrompit un invalide.

— La main a toujours conservé cette couleur!

— Que pensez-vous de leurs bêtises, notre parisien?

— Que l'imagination, répondit Arnold, a fait plus de miracles que la foi.

— Et Margeau! reprit le premier bavard, Margeau que nous avons tous connu, n'avait-il pas une fois fait une absence de presque une année ?

— Eh bien ?

—Eh bien! on en sait aujourd'hui la cause. Il avait épousé une fille d'Embrun : Marianne, une sorcière, elles le sont presque toutes ! Un soir, veille de dimanche qu'ils étaient au lit chauds et contens, le mari remarqua que sa femme devenait triste à mesure qu'il lui parlait d'aller le lendemain à la procession. Il s'endormit tout de même : mais il se réveilla bientôt et étendit la main : Plus de Marianne. La place était encore tiède pourtant, parce que minuit ne venait que de sonner. Il résolut de ne rien faire paraître afin de la surveiller. Toute la semaine, Marianne fut tranquille. Son mari, à qui la jalousie tenait les yeux ouverts, la voyait dormir rose et fraîche à la lueur de la lampe. Le samedi suivant, elle se leva à onze heures et demie, tira d'un grand coffre à son usage un livre et en lut quelques pages à voix basse ; puis elle s'approcha de la muraille et disparut au travers. Au jour, elle était dans le lit sans que le bon homme se fût encore aperçu du retour. Mais une troisième fois, il l'arrêta. Il exigea l'aveu de tout ou menaça de l'abandonner. La petite fut contrainte de dire que c'était sa grand'tante qui l'avait élevée dans un vieux château pour lui montrer ces pratiques. Alors Margeau voulut aller au sabbat avec sa femme. Sa femme le pria bien de n'en rien faire ; mais il se plaça avec elle dans le cercle magique où il y avait des fleurs, un poignard, un sablier, des doigts de mort ; et quand ils eurent mis chacun un flambeau de résine au bout du balai sur lequel ils était montés, ils s'élancèrent par la cheminée ensemble. Mais voilà que l'apprenti fut troublé et oublia les paroles qu'on lui avait apprises. Alors il s'évanouit et tomba. En reprenant connaissance, il se trouva au pied d'un gibet et environné

de ténèbres. Il attendit le soleil... point!
Il avait compté plus de quinze heures que
l'obscurité durait toujours. Enfin il distingua
des voix de pêcheurs et finit par comprendre,
je ne sais comment, qu'il était au fond de la'
Norwège, où les nuits ont six mois de long.

— Notre pauvre compatriote, dit Victor,
revint-il jamais dans son pays?

— Oui ; mais sa femme était morte pendant
l'absence.

— Pas si morte qu'on croit, ajouta le con-
teur, et pas pour tout le monde ! On la voit
souventes fois par ici. Elle est toujours bien
faite, et elle traverse les montagnes afin d'obtenir des voyageurs quelques prières pour
son ame.

Pendant qu'avait duré cette oiseuse conversation, Arnold avait pensé à la comtesse ; et il
s'interrogeait sur la volonté de Dieu à laisser
aux vivans la faculté de revoir des ombres.
Quelle impossibilité, se disait-il, qu'une ame
revêtue des formes qu'elle a jadis habitées, se
présente devant ceux qu'elle a aimés ou haïs?

— Tu te moques de tout cela, toi, conscrit ! avait ajouté Victor en finissant.

— Pourquoi ! dit le conscrit dont les yeux ne se détournaient plus depuis dix minutes d'une roche où apparaissait un fantôme. Il eût juré voir la taille d'une femme et flotter au vent son manteau.

— Je l'ai aperçue une fois, Marianne, reprit Victor. C'était après vêpres et de l'autre côté de la Romanche. Tout ce qui est enterré n'est pas mort.

— Et quand je la verrais à mon tour ! balbutia le jeune soldat, en faisant le signe de la croix.

L'accent dont il avait dit ces paroles fit venir la chair de poule à quelques compagnons. L'escorte hésita, et on entendit crier alors à deux reprises par une voix surnaturelle et stridente :

— Arrêtez !

Les gardes nationaux prirent la fuite. Leurs agresseurs appuyèrent une première sommation de trois coups de fusil. Cette précaution pensa tourner à mal.

— Ah! ah! fit un troupier mêlé à l'escorte, puisque ça sent la poudre, ce n'est pas le diable. Avançons!

— S'ils veulent nous avaler, dit l'autre, nous nous mettrons en travers.

Mais Arnold, illuminé d'un soudain espoir, s'était déjà jeté sur un fusil et menaçait de s'en servir. Les deux seuls braves restés sur le terrain découvrirent en ce moment cinq ou six assaillans nouveaux, rangés au dessus de leurs têtes, et qui du haut des rochers les tenaient couchés en joue. Ils se regardèrent.

— N'y a-t-il point d'affront? demanda le premier.

— On ne parle pas de se rendre, dit le second : opérons la retraite. Oh! si les bourgeois n'avaient pas lâché pied!

— C'est lui, lui! répétait une douce voix d'enfant.

Et les pieds de Léo faisant à peine fléchir la neige, il courut au devant du prisonnier devenu libre.

— Mon ami, mon pauvre Arnold! Eh!

pourquoi as-tu été si long-temps perdu? dit-il.

Ève n'avait pas manqué de présence d'esprit, ni failli un moment dans la conviction qu'elle obtiendrait ce triomphe; mais une sorte d'immobilité sembla alors avoir gagné tout son être. On aurait dit une statue, après même qu'Arnold eut touché sa main, si toutes les larmes qui gonflaient son cœur n'eussent enfin sillonné ses joues comme deux sources de montagne touchées par un rayon du matin.

— Vous vivez! dit l'artiste avec le profond étonnement de la joie.

— Il le fallait.. jusqu'à ce jour.

Tant de dévouement touchait enfin ce rebelle. Que ne pouvait désarmer une si constante affection, et qui ne finit par se faire aimer en aimant toujours?

— Vite! Madame, interrompit Fontaine: pas une minute à geler ici. Pour la sûreté de M. Ferrier et celle des braves qui nous assistent, prenons la traverse et qu'on ne puisse nous retrouver dans un quart d'heure à cette même place. Dépêchons de passer la frontière

et les gendarmes. Nous avons peut-être encore deux lieues à faire, mais ça ne demande
que vingt minutes. Dans vingt minutes tout
est franchi; et alors, mes pauvres enfans, le
paradis est de l'autre côté de la montagne !

Les contrebandiers, accoutumés à ce genre
de retraite, avaient déjà cassé des branches
de mélèze. Ils les couvrirent de bruyères,
puis les liant avec de fortes cordes, ils eurent
en un instant composé deux traîneaux. Il s'a-
gissait de se laisser descendre du sommet de
ces hautes cimes dans les vallées inférieures,
puis jusqu'à l'abime où là-bas, tout là-bas,
mugit la Doire sur les terres de Sardaigne.

Ève ne voulut quitter ni son enfant ni Arnold : on les assit sur le même traîneau. Les
contrebandiers et Lucien devaient, sur le
premier, ouvrir et éclairer la marche. Fontaine comme un cocher russe occupa l'avant-
train du char fragile qui portait ses maîtres
d'adoption, et sans donner aux soldats le temps
de se rallier ni à personne le loisir d'avoir
peur, il poussa du pied l'équipage d'avant-

garde et laissa glisser le sien en se disant :
— A la grâce de Dieu !

Le vent de la tourmente avait rapidement doublé. Ces voyageurs aériens devaient, sous peine de la vie, éviter les roches, les troncs d'arbres et le lit des torrens : la neige vint les aveugler. De minute en minute, elle épaississait et tourbillonnait, croisée d'éclairs ; car telle est la température des montagnes, tels sont les effets inattendus des contrastes. L'hiver, la foudre, l'impétuosité des trombes et l'immobile menace des glaciers, tout peut épouvanter là, dans la même heure, l'aventurier le plus intrépide.

Ève ne sut pas long-temps résister au vertige. Arnold l'entourait d'un bras, et de l'autre tenait un pan de manteau sur les beaux yeux éblouis. Pour Léo, il criait de joie : c'était le jeune aigle qui fond de la crête des Alpes sur les campagnes d'Italie.

Enfin on s'arrêta. On était toujours bien près des lignes françaises et exposé à une facile extradition : Ève ne pouvait plus marcher !

Le froid, qui d'abord aigu, donne ensuite un factice bien-être, puis endort et conseille l'oubli de tout, avait torturé les nerfs de la comtesse. Cette dernière épreuve jointe aux émotions qu'elle venait de subir usait ses forces; et cependant pour le salut d'Arnold, il eût fallu sans retard avancer!

La comtesse voulut qu'on l'abandonnât. Elle fut portée dans le châlet où elle était attendue; mais à peine déposée sur un lit de mousse et de bruyère, elle dit au prisonnier d'une voix suppliante :

— Au nom du ciel, partez!

— Quand nous le pourrons avec vous.

— Gardez-vous d'attendre. Vous voilà libre, ma tâche est faite : allez, soyez heureux!

— Nous le serons tous, Madame, dit Fontaine.

— Eh bien! je puis donc achever de mourir.

— Oh! ne parlez point ainsi, s'écria l'artiste. La faiblesse de ce moment vous abuse : mais les facultés vont revenir. Ne parlez jamais de séparation : je vous dois le jour.

— Il vous faut maintenant l'honneur. Arnold , vous serez réhabilité . Mon testament renferme une déposition plus ample , plus irrécusable : ce procès inique sera revisé . Il est un lieu d'où ne descend jamais le mensonge, demain ma voix sera entendue.

— Je tiens de vous Léo , la liberté, l'espoir..

— Et morte , j'aurai encore un trésor à vous rendre : une patrie . Ne dois-je pas aussi à la France de replacer dans son sein un homme digne de l'honorer ? Aimez la gloire , Arnold , et que la France vous aime : deux rivales , les seules dont mon cœur n'eût point été jaloux..

—Enfin, goûtez la paix , Madame, vous qui avez tout souffert !

— J'ai blessé le monde par des fautes . Je ne sais tout ce qu'il demanderait en expiation ; mais là-haut on accepte les larmes et je crains Dieu moins que les hommes . Allez , il n'y aura point pour moi d'enfer dans l'autre vie , j'ai dans la première , épuisé toutes ses tortures .

— Nous abandonner au port!

— Je ne saurais que retarder votre fuite.
Je ne puis que vous laisser mon ame, et je
vous la laisse : voilà Léo.

— Léo privé d'une mère!

— Ne pouvons-nous rien pour lui?. dit
Ève, solennellement et timidement à la fois.

Arnold hésita à répondre.

— Je vais donc le dire, reprit-elle, car le
temps presse. Notre devoir est d'assurer à
l'orphelin un état. Ne se peut-il que par un
contrat, légitime enfin, ses deux auteurs le
reconnaissent?

—Jeter, Madame, aux mains de cet enfant
une fortune...

— .. illicite, je le sais. Rassurez - vous,
soupira la résignée.

— Les biens du comte n'appartiennent
qu'à la fille naturelle que vous lui connaissez.

— Et j'ai détruit ce dernier obstacle, afin
que vous osiez rendre sa mère à votre enfant.

— Ainsi...

— Vous pouvez m'épouser, je suis pauvre.

La donation acceptée d'Hélène, et de son époux qui m'a suivie pour aider à votre délivrance : la voilà ! Êtes-vous content ?

Arnold interrogea le sous-officier d'un coup d'œil, puis le contrat revêtu des formes légales, et d'un regard plein de reconnaissance, il remercia deux personnes à la fois.

— Hélène sera heureuse, dit Ève, malgré ses premières résistances et ses larmes. Lucien saura la défendre de toute séduction de son propre cœur et des périls qui reviendraient l'environner.

En disant ces mots, elle attachait un regard de souffrance encore jalouse sur le peintre.

Arnold ne vit dans ce sacrifice que la volonté de lui complaire et il récompensa la comtesse à l'instant par l'inintelligence même des allusions qui la préoccupaient.

— Que l'innocente était étonnée de sa subite fortune ! reprit Ève. Que ferai-je, moi, de toutes ces richesses ? demandait-elle, rougissante et confuse. A présent, Arnold, je me sens calme : envoyez chercher un prêtre.

— Cela, dit Fontaine à voix basse, peut calmer son esprit, Monsieur. Elle se croit plus malade qu'elle ne l'est. Le contentement la fera refleurir.

— Nous n'avons, dit la femme du contre-bandier, qu'un vicaire dans les environs. Il dessert l'église bâtie dans la montagne, à l'embranchement de la route du Mont-Cénis : je ne sais s'il pourra venir.

— Pourquoi non? demanda le commis-sionnaire.

— Oh! ce n'est pas qu'il refuse son office; mais depuis ce matin, il a chez lui un voya-geur. La berline s'est brisée à sa porte. On dit cet étranger un confrère, c'est-à-dire un supérieur, un prince qui revient de voir mon-seigneur le pape, et notre vicaire ne pourra peut-être pas quitter son hôte.

— Nous allons l'en prier nous-mêmes, dit Fontaine.

On voulut présenter alors un peu de laitage à la comtesse : elle craignit de reprendre quel-que force, elle avait hâte de fermer les yeux.

Elle demanda à écrire dans l'intervalle de cette heure employée à quérir l'homme qui pouvait seul donner une valeur à la cousécration de cette solennité.

— Arnold! dit-elle ensuite, c'est à votre enfant que vous allez vous unir. Élévez-le, c'est votre devoir, comme le mieu de me résigner. Il faut pour l'exemple des erreurs où je fus jetée, que je n'aie connu du sentiment qui fait l'existence des femmes qu'un jour, une heure.. qui n'est jamais revenue!

Un frémissement de souvenir passionné traversa le cœur du peintre. Cette jeune femme était toujours si belle ! Et malgré l'opposition de sa première image et le moment où Arnold retrouvait Ève dans une autre chaumière, il palpita de regrets et d'amour.

Le prélat qui regagnait la France avait voulu par désœuvrement ou ostentation, venir lui-même et seconder le saint ministère. Quand monseigneur entra avec précaution suivi du subalterne, les clartés du dehors, le demi-jour de l'étroite enceinte ou peut-être

quelques traces des incurables chagrins lais-
sés sur le visage de la victime ne lui permi-
rent pas de la reconnaître. Ève le reconnut
sans peine, et loin de témoigner ni effroi ni
rancune :

— Quand on arrive de la ville sainte,
M. l'abbé Andreuze, dit-elle, on a l'esprit
évangélique. Vous venez bénir enfin la pénitente que vous avez autrefois repoussée.

— Vous ! dit en reculant le nouvel évêque.
J'ai assisté votre digne mère, Madame ; et elle
m'a édifié : mais je ne me sentirai jamais
l'ame assez faible pour prononcer le pardon
de l'église sur une impénitence obstinée.

— Il faudra donc toujours, dit la comtesse,
croire à la bonté de Dieu avant celle de ses
prêtres. Qui, de ma confiance ou de votre
sévérité, est la plus religieuse ?

— Sortez, Monsieur, ordonna violemment
le prélat au desservant montagnard. Je connais cet esprit de rébellion : il y aurait profanation de la parole de Dieu à l'offrir à l'impie.
Sortez ! L'athéisme est là ; vous marchez sur

le serpent, le démon est assis à ce chevet.

Le vicaire baissa la tête et n'obéit point. L'homme à la croix d'or et aux bas violets s'éloigna, ou plutôt s'enfuit. L'argent fut prodigué pour réparer la voiture. Une heure après, il avait quitté le Piémont.

— Cette dureté, mon père, ne me troublera point, dit Ève. Au moment de paraître devant le juge, le repentir du pécheur vaut bien l'assistance de l'évêque. J'arriverai aux pieds de Dieu protégée par l'inflexibilité d'un homme. Il ne me pardonne pas? c'est donc moi qui lui pardonne. Mais à vous j'avouerai mes fautes pour obéir aux lois de vos sincères croyances. Hâtons-nous! J'ai à vous demander une autre œuvre de charité pressante, un acte que réclame l'équité humaine. J'ai besoin de vous pour emporter le nom d'épouse, et être la mère de cet enfant.

L'humble ministre s'étonna. Puis, informé de tout par la confession même de la comtesse, il consentit à unir les étrangers dans la forme et la célérité d'urgence que permet, dans ce pays, la toute puissante autorité du clergé ultra montain.

L'autel du mariage fut disposé près du lit de bruyères. La tourmente qui depuis le matin arrachait le chaume des toits, courbait les arbres et dispersait au loin des rameaux brisés, s'apaisa. Un air tout régénérateur pénétra dans le châlet. Il semblait à Ève que les brises de l'Arno arrivaient déjà pour soulever ses cheveux, le parfum des orangers effleurer ses sens délicats.

—Voyez, dit Fontaine : elle renaît !

Tout recommençait en effet à devenir ami dans cette nature agreste. Un rayon de soleil toucha même le front de la mariée, et elle se méprit à ce caressant sourire.

— Voilà l'aurore ! dit-elle.

Hélas ! c'était le crépuscule. C'était la dernière lueur du dernier de ses jours. Mais la mort qui semble si noire aux hommes, n'est-elle pas peut-être, en effet, l'aurore d'une deuxième vie ?

L'acte signé, pour bénir l'alliance il fallut

rapprocher deux mains que le froid du tombeau menaçait de séparer. Ce pacte qui rendait Arnold le maître, le protecteur d'une créature impossible maintenant à défendre, reporta dans son ame un trouble indicible, Il sentait revivre un pouvoir toujours combattu, sans l'avoir jamais pu vaincre.

Ève avait saisi l'expression des regrets d'Arnold avec une félicité délirante. — Pitié des cieux! s'il revenait à moi, pensa-t-elle, ne me le faites point savoir : je ne voudrais plus mourir. Frappez vite au contraire, afin que la pitié ne le retienne pas ici au péril de sa liberté.

Une beauté surnaturelle, la beauté, présage du retour à la vie qui peut s'asseoir encore sur le front de la femme condamnée à vingt ans, rendait de plus en plus irrésistible l'attrait qui fascinait Arnold. Ève souriait des yeux, elle cherchait avidement encore le regard de l'époux tardif; mais la voix dont elle répéta : Adieu! était déjà l'écho d'une autre patrie. On fit approcher Léo, Léo resté plus triste qu'affectueux, plus affligé que tendre au milieu de cette scène, car l'enfance ne comprend pas la mort. Entre des baisers et des larmes, l'ex-comtesse lui passa au cou un collier, unique héritage de famille que lui eût laissé sa mère ; et elle couvrit les trop petits doigts d'anneaux précieux.

— Que lui restera-t-il ? demanda-t-elle à Arnold.

— Le travail.

— Et à vous?

— Mes pinceaux.

— J'ai accompli tout ce que je pouvais offrir de réparations, dit Ève. Que j'ai souffert ! mais je reconnais que tant de maux n'étaient pas injustes. Je n'ai pu rentrer dans le sentier du devoir qu'en essayant de nouveaux crimes: exemple du danger de quitter l'honneur.

— Guérie et sauvée, priait Arnold à voix basse et ardente, ne refusez pas de vivre pour Léo et pour moi!

— Ne soyez point dupe de votre grandeur d'ame, ami. Il y a aussi des entrainemens de vertu, et vous les subissez. Si je vivais, vous me reprocheriez...

— Jamais! Périsse qui ne sait rien oublier. Le repentir vous rachète.

— Vous souffririez donc, et je vous verrais souffrir.

— Je vous estimerai, je vous aimerai, je vous aime.

Les assistans pleuraient. Ce poison, qui n'avait jamais pardonné, il torturait les entrailles de cette femme et lui livrait ses derniers assauts. Elle le secondait par des vœux. Je suis lente à mourir! se reprochait-elle. Mais ne me plaignez point. Pourquoi rester sur votre terre quand on n'a plus rien à y demander? Dieu est bon, il n'a fait qu'une consolation possible au malheur de n'être pas aimé: et il me l'envoie.

— Mais je t'aime, répétait Arnold avec des sanglots.

— Ma mère! s'écria Léo, restez; restez avec nous, toujours.

Ève entendit ce cri, ce vœu d'innocence angélique. Elle sentit que l'époux inspirait

l'enfant; et elle accueillit ces accens comme
le gage d'une rémission éternelle. Rendre à
la coupable en effet cette appellation si long-
temps refusée, n'était-ce pas prononcer l'absoute? N'était-ce pas dire : Je te bénis ; mon
cœur se voue à ta mémoire?

Alors elle chercha les mains inégales encore une fois, les réunit dans les siennes, et
sa bouche s'illumina d'une douce expression
de joie.

— Il y eut un long instant de silence.. et
puis le prêtre :

— Allons ! dit-il en relevant Arnold :
L'étrangère est partie, partez ! Son dernier
sourire répondait au ciel entrouvert. Il vous
resté à accomplir une tâche plus pénible :
Allez vivre et souffrir.

FIN DU SECOND ET DERNIER VOLUME.

Table des Chapitres.

——

TOME II.

CPSIA information can be obtained
at www.ICGtesting.com
Printed in the USA
BVHW07*2042200818
525056BV00013B/1397/P